JN227266

カバー絵・口絵・本文イラスト■蓮川《はすかわ》 愛《あい》

BBN
B・BOY NOVELS

恋人たちの休日は始まる

〜豪華客船ＥＸ

水上ルイ

この物語はフィクションであり、実在の人物・団体・事件等とは、いっさい関係ありません。

CONTENTS

プロローグ

エンツォ・フランチェスコ・バルジーニ

「ナイトを、c1へ」

私は受話器に向かって言い、チェス盤上のナイトの駒を動かす。

ここは、豪華客船『プリンセス・オブ・ヴェネツィアⅡ』の上。

私がいるのは、この船で一番広く美しいロイヤル・スウィート、その専用甲板。

テラステーブルの上には、寝酒代わりのオレンジの酒『プリメ・アランチェ・アクア・ヴィーテ・オレンジ』を満たしたリキュールグラス、そして大理石でできたチェス盤がある。

電話の相手は少し考え、それから低い声で、

『……では、ビショップをd1へ』

彼の言葉に従って、私は相手側の駒を指定の位置に移動させる。

「クイーンを、e1へ。チェック・メイト」

私は言ってクイーンを移動させる。電話の相手は少し黙り、それからため息をつく。

『本当にお強い。この私を、こんなに悩ませたのはあなたが初めてです』

「同じ言葉をそっくりそのまま返そう。無敗の私をここまで苦しめたのは君が初めてだ」

『策略家でいらっしゃる。そして上品ですがとても意地が悪い』

「その言葉も、そっくりそのままお返しするよ」

私たちは小さく笑い合い、電話越しに二週間続いたこの勝負を終了とする。

私の名前はエンツォ・フランチェスコ・バルジーニ。二十八歳。『プリンセス・オブ・ヴェネツィアⅡ』という美しい船で船長をしている。

そして電話の相手は、室岡泰臣《むろおかやすおみ》。同じく二十八歳。

彼がヴェネツィアのホテルで働いている頃に知り合った。その優雅さと聡明さ、そして完璧な接客態度に感服した私は彼をスタッフとしてスカウトした。ある事情で彼がこの船で働くことはなかったが、それが縁で、今では泰臣は私のよき友人でありチェス仲間になった。

「ああ……君がこの船のコンシェルジェになることを承諾してくれていれば、電話代がいったいいくら節約できただろう」

私が言うと、彼は可笑しそうに笑って、

『電話代？　大富豪バルジーニ家の次期当主であるあなたの言う言葉とは思えませんが？』

「私はバルジーニ家の跡取りである前に、バルジーニ海運の次期社長なんだ。経済観念を忘れないようにしないと会社の経営が危ない。……まあ、残念なのはその点だけではないが」

私は言って小さくため息をつく。

「この船のチーフ・コンシェルジェはとても優秀だが、かなりの高齢だ。彼が引退する前にチーフになれる度量を持ったコンシェルジェを探すのは、今の私にとって重要な課題なんだ。君が承諾してくれていれば……と、今さら言っても仕方がないな。君にはとても大切なものが日本にあったのだから」

私が言うと、彼は真面目な声で言う。

『ホテルマンを目指していた私にとって世界一といわれる豪華客船『プリンセス・オブ・ヴェネツィアII』のコンシェルジェの職は本当に魅力的でした。あなたという船長の下で働けるということも、もちろん含めて。……ですが』

彼はそこで言葉を切り、それからため息混じりの声で言う。

『雪緒《ゆきお》坊ちゃまのことが、私は何よりも大切なのです。……あまりに大切すぎて、告白すらできないくらいに』

自嘲的に笑う彼の声があまりにつらそうで、私の心がズキリと痛んだ。

「主家の子息を大切に思う気持ちはわかる。先走って愛する人を失いたくないという気持ちも。だが、そんなに愛しているのに指一本触れられない、しかも彼は目の前にいる。このまま我慢を続けていたら……きっと君の方がダメになる」

思わず言ってしまうと、彼は少し黙り、それから静かな声で言う。

『私はどうなっても構いません。私にとって、雪緒坊ちゃまは、何よりも大切なのです。あの方を傷つけてしまったり、悩ませてしまったりするくらいなら……私は……』

「……もういい。言いづらいことを言わせてしまって悪かった」

泰臣の声は胸が痛くなるほどに切なげで、私は思わずそれを遮った。

私も少し前、一人の青年に、とても深い、運命の恋をした。

彼の美しい顔、凛々しい声、優しい笑みを思い出すだけで、心が甘く蕩《とろ》けそうに熱くなる。

奇跡が起きて私の恋は叶い、今の私は、とてつもない幸福の中にいる。

だが、泰臣の苦しげな声に、私はあの時の胸の痛みを思い出す。

……運命だと思った。彼のすべてが愛おしかった。彼以外は、一生誰も愛せないと思った。

……もしもこのまま彼の心が手に入らなかったら……そう思ったら奈落に落ちてしまいそうなほどに恐ろしかった。

受話器を耳に当てたまま、空を振り仰ぐ。

頭上にあるのは、金色の満月。そして天空を横切るミルキーウェイ。

船が立てる波音だけが、静かな凪《なぎ》の海の上に響いている。

……彼は今、あの時の私と同じ苦しみの中にいる。

「波音が、聞こえるか？」

私が言うと、彼は受話器の向こうでしばらく耳を澄ます。

『……微《かす》かに』

「アドリア海は凪、満月が美しい。そして今夜はなぜか、たくさんの流星が見える」

『流星、ですか』

彼は言い、微かに笑う。

『私が願いたいことは、ただ一つなのですが』

「……恋が、叶うといいな」

私が言うと、彼はまたしばらく黙り、それから微かな声で言う。

『……はい。ありがとうございます』

彼の声に含まれた深い苦しみに、私の心がまた痛む。

「あと三日で休暇に入る。ユキオくんを紹介してくれるんだろう？　君の心をそんなにまで捉えている彼に、早く会ってみたい」

『そちらも恋人を紹介してくださる約束でしたね？　あなたが一目で恋をし、ついに手に入れた恋人に、私も早くお会いしてみたいです』

私と彼は同時に沈黙する。それから、

「彼に手を出したら、ただではおかないが」

『彼に手を出したら、ただではおきません』

同時に言ってしまい、思わず噴き出した。

……ああ、彼も早く、この蕩けるような幸福を味わえればいいのに。

リムジン・シートでもう一度♡

南条雪緒《なんじょうゆきお》

「なんでオレを置いて、イタリアなんかに行っちゃうんだよーっ！」

成田《なりた》空港の展望デッキ。オレは遠ざかる飛行機に向かって思いっきり叫んだ。

「バカーっ！　悪い男になってやるーっ！」

人々が好奇の目でオレを振り返るけど、オレは構わずに叫び続ける。

「全部、おまえのせいだからな、室岡《むろおか》ーっ！」

……室岡は、オレのことを嫌いになったんだろうか？

……オレは、見捨てられたんだろうか？

思った途端、我慢していた涙が溢《あふ》れた。

オレはフェンスの金網にしがみつき、空に向かって叫んだ。

「帰ってきてよ、室岡ーっ！」

*

「……てよ……室岡……っ」

オレは寝言で呟《つぶや》き、自分の声に目を覚ます。

……また、この夢を見ちゃった……。

夢うつつの中で、思う。

……いい加減、あの頃のことは忘れればいいのに、オレってば……。

そう。あれはもう、遠い昔の話で。

カチャ。

その時、ドアが開く音が聞こえた。

コツ、コツ、コツ。

床を踏んで、歩いてくる靴音。

ガシャ。

窓を開ける音がして、ベッドルームに朝の爽《さわ》やかな風が吹き込んでくる。

「おはようございます、坊ちゃま」

聞こえる美声。

「もう七時です。遅刻なさいますよ」

ベッドが揺れ、誰かが座った気配。

潜った羽根布団《ぶとん》の上から、ふわりと触れてくる、大きな手。

「坊ちゃま?」

彼の声に微《かす》かな怒りが混ざったのに気づいて、オレは観念して羽根布団から顔を出す。

「おはようございます」

言ったのは、寝ぼけ眼《まなこ》で見るのがもったいないような、ものすごい美形。

逞《たくま》しく鍛《きた》えられた身体。

朝から一分のスキもなく着込んだ、仕立てのいいダークスーツ。

彼の完璧に整った顔には礼儀正しい無表情。だけど、その瞳の奥には、怒りの光がある。

……ああ、だから起きなきゃヤバい。

……ヤバいのは、解《わか》ってるんだけどね……。

オレは南條雪緒、十八歳。

日本屈指の大富豪・南條家当主の一人息子。

そして彼の名前は、室岡泰臣《やすおみ》。二十八歳。

室岡の母方の親戚である尾野《おの》家は、オレがいる南条家が地方の大名だった頃から家老を務め、陰で南条家を支えてきた一族だ。

時代は変わったけど、尾野家の人間は代々うちの執事を務め、使用人たちをまとめる仕事をしてくれてる。室岡は、今の南条家執事の尾野誠三《せいぞう》の甥《おい》。両親を早くに亡くして後見人である尾野に引き取られたから、オレが生まれた時には、もううちの屋敷にいた。

一人っ子のオレは、一緒に育った室岡をずっと本当の兄みたいに慕《した》ってきた。

室岡は、昔から、女の子が夢に見るお伽噺《とぎばなし》の王子様みたいなすごいハンサムで。

屋敷に遊びに来た友達は、誰もが室岡に見とれた。でも室岡はいつでもオレのことだけを見ていて。オレの言うことならどんなことでも優しく聞いてくれて。

オレは、すごく誇らしい気分だった。

この美しい男は、オレだけのものだぞって。

……だけど……。

……あの頃の室岡と今の室岡は別人だ！

オレは薄れそうな意識の中で、思う。

……だから、逆らったりしたらダメで……。

なのにオレの瞼《まぶた》が重くなって閉じてしまう。

……ああ……だめだ……。

オレの意識は、ずるずると眠りの淵《ふち》に堕《お》ちていってしまう。

徹底的な低血圧で、オレは朝にはめちゃくちゃヨワい。

彼の声が、意識の向こうに小さくなる。

「……坊ちゃま？」

「……あ……あと……五分……」

オレは最後の力を振り絞って呟き、そのまままた布団に潜って深い眠りの中に……。

いきなり、オレの上から布団が取りのけられる。そして身体がふわりと宙に浮く。

背中と膝《ひざ》の後ろを支える、大きな手。

寝ぼけた頭で判断すれば、どうやらオレはお姫様みたいにだっこされてどこかに運ばれていくところ、みたいな？

……ああ、男のオレがこんな格好、めちゃくちゃ恥ずかしいような……？

考えようとするけど、大きなストライドの規則正しい歩調と、伝わってくる彼のあたたかい体温が、なんだか気持ちよくて。

それに、頬《ほお》が押しつけられている彼の胸からは、芳《かぐわ》しい彼のコロンの香りがして。

……ああ、この胸。昔は、ここほど安心できる場所はないって思ってたのに……。

カチャ、とどこかのドアが開く音。

……抱きしめられると嬉しくて、胸がドキドキして……。

……いや、今でもドキドキは、するんだ。違う意味で、だけど……。

オレは、どこかに座らされたみたい。

へにゃりとそれにもたれかかる。けど、ソファにしてはごつごつと硬くて。

……ああ、これって……？

「坊ちゃま？」

完璧に頭に来てる声が、耳元に響く。

……ヤバいよ、ホントに起きないと、そして今すぐ逃げないと、ひどい目に……！

「まだ起きないのなら、仕方ありません」

……ああ、怒ってる……。

キュッ！

何かをひねる音。そして……、

「うわあああーっ！」

身体に降り注ぐ、シャワーの雨。

寝ぼけていたオレは、一気に目を覚まし、そして思いっきり叫んでしまう。

「ひどいーっ！　何すんだよーっ！」

そう。オレは、自分の部屋に隣接したバスルーム、そのバスタブの中に座り込んでいたんだ。

執事が用意してくれる上等のシルクのパジャマでオレはいつも寝てる。

ベッドから抱き上げられてそのまま放り込まれたから、今もその格好のままで……。

「ばかあっ！　パジャマが……あ、パンツまでぐしょぐしょじゃないかあっ！」

彼はそのハンサムな顔に、当然、という表情を浮かべる。

「そうでもしないと起きないでしょう。学校に遅刻したら大変ですから」

「いいじゃんか！　一日くらい……」

「そうはいきません。私がいない間に、だいぶサボられたようですし」

言って、その切れ長の目で睨《にら》まれたら、オレは硬直するしかなくて。

たしかに、親も執事も、それどころか教師までオレには甘々なのをいいことに、オレは遅刻やサボリを繰り返してて、出席日数もギリギリってところで……。

……だけど、オレが悪い男になったのは、こいつのせいで！　だから、こいつの言うこと聞くのはめちゃくちゃ癪《しゃく》だしっ！

オレは、負けじと彼を睨み上げて、

「具合悪いっ！　風邪ひいたみたい！　なのにいきなりお風呂に放り込まれて、ますます調子悪くなっちゃった！」

彼は、驚いたように目を見開く。

「それは大変です」

「そうだろっ？　だから今日は学校休んでゆっくり寝てないと……」

「早くこの濡《ぬ》れた服を脱がせなくては」

彼は優雅な仕草で身を屈《かが》め、オレのパジャマのボタンに手をかける。

「やはりあなたには白が似合うようです」

一つ目のボタンを外しながら、

「肌が透《す》けてなかなか色っぽい」

言ってオレの身体に沿って視線を落とす。

「……え？」

彼の視線を追って見下ろすと、白いパジャマが身体に張りついて……ピンク色の乳首が透けちゃってる。

男のオレの胸なんか、見えたってなんてことないとは思うんだけど……布越しのそれはなんだか妙にエッチに見えて……。

「……うっ……！」

真っ赤になって硬直したオレの、二つ目のボタンに、彼の指が触れてくる。

しっかりとした骨格と、滑《なめ》らかな皮膚を持つ、男らしい大きな手。

いつも見とれてしまう、長くて美しい指。

清潔に整えられた、艶《つや》のある、形のいい爪。

まるでジラすように、ゆっくりとボタンを外される。

布越し、微かに触れた彼の指先の体温に、オレの身体がピクンと震えた。

彼は身を屈めてオレの耳に口を近づけ、

「……こんなに濡れていては気持ちが悪いでしょう？　すぐに脱がせてあげます」

すごくエッチなコトでも囁《ささや》くように低くひそめられた彼の声。

いつもは凛《りん》とした美声なんだけど、こんなふうにため息混じりにされると……なんだかそれはめちゃくちゃセクシーに聞こえて。

濡れたオレの乳首が、キュンと疼《うず》いて、布を微かに押し上げてしまう。

なぜか、恥ずかしく尖《とが》ってきてしまったオレの乳首。

そのすぐそばにあって、今にもオレのパジャマをはだけてしまいそうな彼の手。

その絵は、なんだかすごく……。

脚の間までキュッと疼いたのに気づいて、オレはさらに真っ赤になる。

……ああ、なんで、オレ……？

……したい盛りの十八歳とはいえ、男相手に、こんな……。

「じっ、自分で脱げるからっ！」

オレは慌てて彼の手を振り払う。

……こら！　雪緒！　なんで憎たらしい室岡相手に妙な反応してるんだよっ……！

彼は身を起こし、オレの顔を真《ま》っ直《す》ぐに見つめて、

「顔が赤いです。これは大変だ。熱があるのかもしれませんね」

「そ、そうだよ、だから……」

「ご自分で脱げるのなら、パジャマを脱いで、身体を拭《ふ》いて、ベッドへいらしてください」

「あ、着替え……」

「タオル一枚でどうぞ。どうせ脱がなくてはいけませんから」

なんのことだか解らずに見上げるオレに、彼はまるでお医者さんみたいに深刻な顔で眉を顰《ひそ》める。

「すぐに効くようにお尻に解熱剤《げねつざい》を入れます。ひどくなったら大変ですから」

「……お……っ？　……お尻、に……？」

呆然《ぼうぜん》と呟くオレに、彼は重々しくうなずいてみせる。

「俗にいう坐薬《ざやく》です。初めてでしょうが、大丈夫、私にすべてお任せください」

「ええっ？　そんなこと言っても……っ！」

「坊ちゃまは裸のままでうつぶせになり、お尻を高く上げ、私に向かって脚を開いてくださるだけで結構ですよ」

「……ひいいっ……！」

……そ、そんなの、めちゃくちゃ恥ずかしい格好じゃないか……っ！

息をのんだオレに、彼は平然とした顔で、

「私は使用人、あなたは私のご主人であり、この家の御曹司《おんぞうし》だ。恥ずかしがることはありません。

……ああ、わざわざベッドに行くよりここで入れてしまいましょうか？」

「え？」

「屋敷の侍医から薬をもらってきます。服を脱いでシャワーであたたまっていてください」

「ざ、坐薬《ざやく》とかいうのじゃなくても、フツーの飲み薬でいいっ！」

……それなら飲んだフリで捨てられるし！

「ダメです。あなたは昔から、飲んだフリをして薬を捨てるのが得意ですから」

……うっ、お見通しか？

「大丈夫、裸でバスタブの縁に手をつき、脚を開き、お尻を高く突き上げるだけですよ」

「わぁっ！　そ、そんなこと言ったたってっ！」

オレはなぜかドッと真っ赤になってしまう。

「ご心配なく。痛くないように、濡らして、優しく揉《も》みほぐして押し広げ……ゆっくりと入れて差し上げますよ」

……あの指が、オレのお尻に……？

なぜか心臓がトクンと跳ね上がる。

……なんでドキドキするんだ、オレ？

「いっ！　いやだーっ！　嘘、嘘っ！　風邪ひいたなんて嘘だっ！」

オレは思いっきり叫んでしまう。彼はため息をついて、

「そんなことだと思いました。あなたは私がいない五年の間に、グウタラで、生意気で、仕方のないお坊ちゃまになってしまった」

「……う、うるさいなあ……」

「……あんなにいい子でしたのに」

あきれた声で言われて、かちんとくる。

昔の話をされるのが、一番頭に来るんだ。

……おまえのせいなのに！

……おまえがオレを置いていったから、オレはこんなふうにひねくれて……！

そう叫ぼうとするけど……これを言ったら、なんだかずっとそばにいて欲しかったって訴えてるみたいで。

……そんなんじゃないぞ！

……それに、それを言うなら、おまえだって同じだ！　前はあんなに優しかったのに！

……なんで、たったの五年で、こんなにイジワルになっちゃったんだよ？

精いっぱいの強さで睨み上げるけど……怒った顔で見下ろされてあっさり負ける。

……うわあ、怖い……！

「……坊ちゃま。昔から、私に嘘をついてはいけないと言っているでしょう？」

きしるような声に、オレは息をのむ。

「なのにあなたは私に嘘をついた。……いつものようにお仕置きですよ」

……ヤバい！　イヤだあっ！

オレは怯《おび》えて、バスタブの中で後ずさる。

「立ちなさい。早く」

……ああ、くだらない嘘なんかつくんじゃなかったっ！

「……向こう側を向いて、両手を壁につきなさい」

使用人っていうよりまるでホールドアップをする警察官みたいな威圧的な声。オレは思わずそのとおりにしてしまう。

……ああ、こんなこと恥ずかしいよっ！

「……お尻を突き出して。……そうです。歯を食いしばりなさい」

「……う……っ」

オレは慌てて歯を食いしばる。

彼の左手がオレの腰をしっかり押さえる。

……うわ、来る！

オレは、衝撃に備えるために目を閉じる。

彼の右手がヒュッと風を切り……、
パン！

「……あうっ！」

濡れたパジャマに包まれたオレのお尻が、小気味《こきみ》いいほどの大きな音を立てて鳴った。

「……ああ……う……」

音のわりには痛みはそんなにないんだけど……この歳になってお尻を叩かれる屈辱《くつじょく》に、オレは思わず涙目になってしまう。

これは、小さい時からやられてたお仕置きなんだけど……オレはもう十八歳だし。

……今日こそ言う！　もうお尻を叩かないでって！　だってオレ子供じゃないし！

叩かれたお尻を押さえて睨み上げるオレに、彼は超然とした顔で、

「言うべきことを忘れていませんか？」

「……うっ！」

「さあ。どうしました？」

……ああ、怖がらないでちゃんとお仕置きはやめてって言わないと！

「坊ちゃま」

無表情に見つめてくる漆黒《しっこく》の瞳。

……うわーんっ！

「……ご、ごめんなさい……」

思わず口から言葉が零《こぼ》れてしまう。

……ダメじゃん、オレ！

彼は満足げにうなずき、それから、ふと腕を上げて時計を覗《のぞ》き込む。

「……さて。あと十五分でシャワーを浴び、歯を磨き、髪をとかし、制服に着替えなさい」

「十五分？　そんな……」

「二十五分で朝食を食べ、四十分後にリムジンへどうぞ。時間に遅れた場合は……」

「遅れた場合は、なんだよぉ？」

「裸に剝《む》き、リムジンのシートにうつぶせにし、お尻を高く上げさせて……朝食用のミルクでも注ぎ込んでみるかな？」

「ぎゃあああーっ！」

……この、本気なんだか冗談なんだか解らないハンサム顔が怖いっ！

わざとらしいほど恭《うやうや》しいお辞儀をして、彼がバスルームを出ていく。

床を踏む足音が遠ざかり、遠くで部屋のドアが閉まる。その音を確かめてから、オレは力いっぱい叫ぶ。

「このイジワルやろおぉーっ！」

……直接言えないオレって、弱い男……？

＊

「いってらっしゃいませ」

きちんと並んで見送ってくれる使用人のみんなにうなずいてみせて、オレは屋敷の玄関からの階段を下りる。

車寄せでオレを待っているのは、昔のハリウッド映画にでも出てきそうな、艶のある黒と臙脂《えんじ》の車。

クラシカルで優雅なボディのロールスロイス・ファントムVを、南条家仕様にオーダーした、世界にただ一つの美しい車だ。

……そして。

リムジンの高貴な姿にぴったりの男が、その前に立っている。

彼の逞しい身体を包んでいるのは、イタリア製の高価なダークスーツ。

そのスーツの優雅なシルエットが、彼のただでさえモデル並みのスタイルを、ますます引き立てている。

逞しい肩。厚い胸。引き締まった腰。そしてうっとりするような長い脚。

完璧な形に締められた、銀鼠《ぎんねず》色のシルクのネクタイ。

胸ポケットからは、きっちりと計算された面積で、同じ色のポケットチーフが覗いてる。

きちんと後ろに撫《な》でつけられた漆黒の髪。幾筋かだけ額に落ちかかった前髪が、なんだかすごくセクシーな感じ。

陽に灼《や》けた滑らかな肌。

彫刻みたいに彫りの深い、端整な顔。

きりりと男らしい眉。

黒曜石みたいに深い、漆黒の瞳。

完璧な無表情を保ったその顔は、迫力のあるものすごいハンサムで。

室岡は、オレの姿を認めると、優雅な仕草でポケットから白い手袋を取り出す。

滑らかな手のひら。男っぽい長い指。

オレを見つめる彼の瞳は、五年前の優しかった彼とは別人みたいに無感情。

だけど、彼のその指は、五年前のあの頃と少しも変わらず、本当に美しくて。

ストイックな感じにシワ一つなく整えられた、純白の手袋。

オレを見つめたまま、室岡はその美しい手に、手袋をゆっくりとはめる。

そこに差し込まれる彼の指に、なぜか視線が釘付けになってしまう。

オレの胸が、ツキンと甘く痛む。

室岡が、美しいその手に手袋をはめるのを見る時……オレの鼓動はなぜだかいつも速くなってしまうんだよね。

＊

まるでお姫様を乗せる優雅な馬車のようなリムジンは、クラスメイトたちの羨望《せんぼう》の眼差《まなざ》しで迎えられる。

……そして。

「……ああっ、雪緒姫だ……っ！」

「……朝から雪緒姫の姿を見られるなんて、ラッキー……っ！」

「……あの白い肌、黒い瞳！　今朝も本当に綺麗《きれい》だなあ……っ！」

車から降りたオレを迎えるのは、生徒たちのうっとりした囁き合い。まるでお姫様を見つめるような憧れの眼差し。

オトコのくせに『姫』呼ばわりされるのってどうなの、とも思うんだけど、そのおかげでどんなワガママだって聞いてもらえるから、ちょっとは我慢するかなと思ってる。

「おはよう、雪緒姫」

「今朝も綺麗だ、雪緒姫」

オレの姿を認めて足早に近づいてくるのは、この学園で権力を持つ生徒会のメンバー。

生徒会長の竹之内《たけのうち》と、副会長の仁科《にしな》。学年で一、二番を常に独占するほど成績がいい。

竹之内は茶色の髪をサラリと伸ばし、仁科はスポーツ系の短い髪。

二人ともすごいハンサムとか言われていて（超美男子の室岡を見慣れてるオレには全然そうは思えないんだけど）、学園の生徒の中ではダントツ人気の二人だ。……けど。

「今日のランチはご一緒したいな、雪緒姫。人気のランチコースと、一番景色のいい席をリザーブしておくから」

生徒会長の竹之内が、にやけた声で言う。

……何がリザーブだ！　パシリに使ってる腰巾着《こしぎんちゃく》の生徒に取らせてるだけじゃん！

オレは心の中で思い、それから室岡の方を盗み見る。

……オレが学園で人気者だって解れば、室岡はオレを見直してくれて、もうちょっといい扱いをしてくれるかも？

室岡は、後部座席からオレの荷物を出してオレに差し出す。その目を意識しながら、

「おはよう、竹之内くん、仁科くん」

言って、冷たい感じにちょっとだけ口元を上げてみせる。二人はオレを見つめたまま、カアッと頬を染める。

一回笑った（といえるほど笑ったかもナゾ）だけで、こんなふうになっちゃうヤツもいる。

……オレは学園じゃお姫様なんだぞっ！

思いつつ、室岡の方をチラリと振り返る。

……オレがどんなに人気があるかを知って、ちょっとは見直せよなっ！

だけど室岡は、賞賛の眼差しでオレを見つめるどころか、仕方のない人だな、って顔で眉を上げてみせる。

……オレが人気があるの、解ってないなっ！

なぜかちょっとむかっときてしまう。

オレは、室岡の注意を自分に向けさせるために、

「四時限目、教室移動だから遅くなるかも。レストランまで行くの、面倒だな……」

生徒会の二人の方に向かって、気怠《けだる》げにため息をついてみせる。

それだけで、二人は必死の形相《ぎょうそう》になる。

「わかった、それならレストランかカフェで、何か買って教室まで持っていくよ！」

「何がいい？　『松《まつ》の木《き》亭』のサンドイッチ？　『ダニエッレ』のピッツァ・マルゲリータ？」

……あっ、どっちもオレの大好物！

その二つは、レストランのランチコース以上に人気がある。値段も高いし、買うのが至難の業《わざ》の貴重なメニューだ。

渋々を装いつつ、実は大喜びで承諾しようとしたオレの言葉を……、

「お誘いはありがたいのですが」

いきなり、後ろから低い声が遮る。

驚いて振り返ると、リムジンの前に立った室岡が、いつものとおりの無感情な顔で、

「坊ちゃまはランチボックスを持参しておられますので。そうですね、坊ちゃま？」

……な、なんだよ、それえ？

オレは、そんなの知らないぞ、と叫ぼうとするけど、室岡の切れ長の目に睨まれたら、ついついひるんでしまう。

「それに、坊ちゃまは、ランチはいつも仲良しの湊《みなと》様とご一緒ですから」

室岡は、さりげなく鞄《かばん》と一緒に持っていたランチボックスをオレに差し出す。

オレは室岡を睨み上げるけど……睨み返されて、今朝も負けてしまう。

……ああ、いつか室岡に勝てるような強い男になりたい……。

「おっはよー、雪緒！　室岡さん！」

走ってくる足音がして、オレの肩に誰かが後ろから抱きついてくる。

「今朝も、朝から熱く見つめ合っちゃって！……ったく、見せつけてくれるよ！」

「誰が見つめ合うもんか！」

オレは思わず我を忘れて叫び……周りの視線に気づいて咳払《せきばら》いをする。

オレに抱きついてきたのは、倉原《くらはら》湊。

中学校の頃からの親友で、けっこう名の知れた倉原海運って船会社の社長令息。

現れただけでみんながうっとりしちゃうような、高貴な感じの美青年だ。

だけど、『この学校の中じゃオレが一番の庶民だよな』って言ってて、全然気取らない（この学校でバイク通学なんか彼一人だ）。

付き合いも長いし、彼の性格もあって、ついつい彼と二人の時には本性が出ちゃう。

彼には、『クールビューティーなお姫様』なんかじゃないことがバレバレなんだよね。

「おはようございます、湊様」

室岡が丁寧に頭を下げてから言う。その目には……なんだか優しい光。

……オレを見る時には、超コワい顔ばっかりで、そんな優しい目なんかしないくせに！

オレはなぜだか腹が立ってしまう。

……オレのことなんか、ただのお子様としか思ってないんだろっ！

……どうせオレはダメ坊ちゃまだよっ！

「……ええと、おはよう、湊」

気取って言ってみると、湊は笑いをこらえるような顔をして、

「雪緒姫は、今朝も相変わらずのクールビューティーだねえ」

……うっ、面白《おもしろ》がってるな！

「早く行かないと遅刻するよ。……それじゃ、室岡、行ってくる」

言うと、室岡は深々とお辞儀をして、

「いってらっしゃいませ、雪緒坊ちゃま」

……このバカ丁寧な口調《くちょう》が、逆にバカにしてるように感じるのは、オレの気のせい？

「いってらっしゃいませ、湊様。坊ちゃまをよろしくお願いいたします」

「あはは。雪緒姫はたしかに預かった。放課後まで、オレと柔道部のごついヤツらできっちり守るから。心配しなくていいよ！」

……室岡がオレの心配するわけない！

なぜかちょっと気分が落ち込んでしまう。

昔の室岡はそうじゃなかった。オレのことを本当に心配して、守っていてくれた。

……けど！

オレは、室岡の憎たらしいほどハンサムな顔をキッと睨んでやる。

……どーせ、尊敬してる尾野と、そして恩のあるオレの両親に頼まれたから、オレの運転手に

なってくれただけなんだろ？

……口先ばっかり心配してるようなことを言って、ホントはあきれてるだけのくせに！

オレは、ふん、と室岡に背を向ける。

……お前なんか大っ嫌いだっ！

室岡泰臣

……雪緒は、大丈夫だろうか？

雪緒を送り届けた後。

私は屋敷にほど近い自分の部屋にいた。

……学校をサボッて遊び、妙な男にセマられたりしていたら……？

思ってしまってから、眉を顰める。

……学校まできちんと送り届け、エントランスを入るところまでを見届けた。湊様もついている。だからそんなことはあり得ない。

……雪緒の心配ばかりするんじゃない。

私はため息をつき、インターネットへの接続を切った。

雪緒の父・南条雪久《ゆきひさ》様は、イタリアでホテルマンとして働いていた私に、南条グループの会社のホテル部門責任者にならないかと前から誘ってくれている。

高額の報酬が約束されているのだが……雪緒にいざということがあった時に駆けつけられるよう、私はできるだけ理由をつけて断り、部屋で待機することにしている。

部屋にいる時には、コンピュータで株の売買をしていることが多い。

株の売買は昔からの趣味だが……私の性格に合っているらしく、今では新聞の長者番付に載ってしまいそうなほど儲《もう》かっている。

ほかの実業家や大富豪を差し置いて自分の名前が新聞に載るのは、運転手として都合が悪い。

最近は、税金対策のための寄付や投資の手続きの方が売買よりも忙しいくらいだ。

私はマウスを動かしてコンピュータのプログラムを閉じ、電源を切る。

エスプレッソを飲みながら、またため息。

……雪緒のことばかり考えるな。

……今の私は、ただの彼の運転手。南条家の一使用人でしかないのだ。

私に懐いてくれ、兄のように慕ってくれた五年前までの雪緒が、ふと脳裏《のうり》をよぎる。

私の心が、ズキリと激しく痛む。

理性を取り戻すための呪文のように、心の中で繰り返す。

……これ以上の関係は許されない。

……私を引き取ってくれた叔父《おじ》と、快く私を受け入れてくれた南条家の人々のためにも。

私は自分に言い聞かせ……しかし心の痛みに耐えきれずに震えるため息をつく。

拳を握りしめ、その感情を抑え込む。

……日本に帰ってくるのではなかった。

日本を忘れ、尾野家や南条家のことを忘れ……そして雪緒を忘れるつもりだった。

しかし離れていれば離れているほど想いはつのった。しかも雪緒を溺愛《できあい》する南条家の執事……私の叔父は、ことあるごとに『可愛い雪緒坊ちゃま』の写真を私に送ってきた。

叔父からの手紙を開けないわけにはいかず、手紙を開ければ雪緒の写真を見ないことなどできるはずもなく……私は年を追うごとに美しさを増す雪緒に思わず見とれ……。

平然とした顔でホテルマンを務めながらも、私はどうしようもない状態まで追い込まれていた。

そんな時、雪緒の父親……雪久様が、私が勤めているヴェネツィアのホテルまでわざわざ出向いてきたのだ。

雪緒のワガママに拍車がかかり、学校をサボり続けてこのままでは進級も危ない、助けてくれないか、と言われ、私は目眩《めまい》を感じた。

今雪緒に会ったらどんなことをしてしまうか解らない。私は恐れに近い感情を抱いた。

だが、母方の血筋の者が代々仕えてきた、しかも両親を亡くした私を長い間屋敷に住まわせてくれていた南条家の当主からの頼みを、私が断れるわけがない。

南条家の人々が、まるで宝石のように慈《いつく》しんでいる雪緒。彼を奪い、傷つけることは、恩義に反し、そして許されないこと。

欲望を抑え込み、冷徹なただの使用人になるしかない、そう決心して日本に戻ってきた。

だが、五年ぶりに会った雪緒は、写真よりさらに美しかった。

……決心をあっさり揺るがせそうなほど。

しかも、屋敷で使用人として仕えるつもりだった私に、雪緒は何を思ったのか自分のリムジンの運転手になるように言ってきた。

リムジンという密室で、一日に二回、雪緒と二人きりになる。

……今の私にとっては、まるで拷問《ごうもん》だ。

私が初めて自分の中にある不思議な気持ちに気づいたのは、子供だと思っていた雪緒の身体が少しずつ大人の兆《きざ》しを見せ始めた頃。

その感情の意味は解らなかったが、私は知らず知らずのうちに雪緒ばかりを見ていた。

頬の子供っぽい膨《ふく》らみがなくなり、顔の形の美しさが強調されてきた。

滑らかな肌は、ピンクを含んだミルク色から、透き通るような白に変わってきた。

煌《きら》めく黒目がちの瞳、長い不揃《ふぞろ》いな睫毛《まつげ》に、微かに色気の前兆が見え始めた。

可愛らしくプクンと膨れていた唇は、柔らかなラインにその形を変え、上等の紅でも含ませたかのようにふわりと色づいていた。

それまで、可愛い子だ、と彼を褒《ほ》めそやしていた周りの人間たちは、言葉を口にする前にまず彼に見とれてしまうようになった。

感嘆の言葉は、うっとりとしたため息混じりに呟かれ、人々は雪緒の信奉者となった。

私は、自分の宝物である雪緒が人々を魅了するのを誇らしい気持ちで見守り……それからいつの間にか自分までが彼の不思議な魅力にとりつかれていることに気づいた。

最初は誇らしさと感嘆の入り交じったような気持ちだった。しかし、その感情は、いつしか熔《と》けそうなほどに熱くなり、まるで飢えた獣のそれのように凶暴になり……。

無防備な雪緒は、私がそんな感情を胸に抱いているなどとは夢にも思わなかっただろう。彼は無邪気に甘え、ことあるごとに、私を二人の隠れ家だったリムジンに誘った。

使用人たちが寝静まった夜中、雪緒が待っているであろう車庫のドアを叩くのは、私にとって特別なことだった。

自分の気持ちを必死で抑え込み、しかし彼と二人きりで会える喜びに打ち震え……。

今でも思い出すのは、あの頃の思い出。

雪緒が中学の一年生、私が大学を卒業し、南条グループの経営する都内のホテルでホテルマンとして働き始めた頃。

私が自分の感情の意味を知った、あの日。

忘れもしない、あれは八月の、最初の満月の夜だった。

＊

夕食の席で給仕をしていた私に、雪緒は、今夜車庫に来て、と囁いてきた。

大事な話があるんだ、と。

屋敷から庭を隔てたところにあるリムジン専用の車庫は、昔の廏舎《きゅうしゃ》を改造した薄暗い建物で、秘密の話にはもってこいだった。

雪緒の送り迎えに使われているリムジンは、クラシカルな外装と、上等の内装を持つ、とても美しいものだ。私と雪緒はそのリムジンがとても気に入っていて、車庫で待ち合わせ、リムジンの中で話すこともしばしばだった。いざという時のため、当時の運転手の川田《かわだ》さんは私に鍵を持たせてくれていた。だから、リムジンへの出入りは自由だった。

私は、雪緒が教師に意地悪をされたのでは、同級生にしつこくセマられたのでは、と心配になり、急いで庭を横切って車庫に向かった。

私がそっとドアを叩くと、車庫のドアが内側から開いた。

雪緒は寝るフリでベッドに一度入ったのか、シルクのパジャマの上にガウンを羽織《はお》っていた。

「……室岡！　遅い……！」

……夜だが、真夏なので大丈夫だろう。

私はいつもの習慣で彼が寒い格好でないかを確認する。リムジンの後部ドアの鍵を開けると、彼は自分でドアを開けて中に入った。

後部座席は向かい合わせの形で、進行方向後ろ向きに二人、前向きに三人が座れる。

後ろ向きの席の中央に運転席との仕切窓があり、それを閉めると、運転席と後部座席は完全に遮断されるような造りになっている。

雪緒は前向きの席の端に座ると、あたたかな手で私の手を引っ張るようにして、私を向かい側の席に座らせた。

リムジンの座席は、正式には運転手席が革張り、後部座席は布張り、と決まっている。だが、雪緒のためにオーダーされたそれは、雪緒の希望で、後部座席にも淡いクリーム色の最上級の革が使われている。

座席の柔らかな質感と淡い色、内装に使われている上品な金色は、雪緒の姿をとても引き立てた。雪緒はまるで馬車に乗り込んだお姫様のように高貴で触れがたく見えた。

「紅茶をお飲みになりますか？」

私は、仕切窓の下に備えつけられた小型の冷蔵庫を開きながら言う。

普通のリムジンならシャンパンが冷やしてあるであろうそこには、雪緒のためのアイスティーのボトルが常備してある。

中身が補充されていることを確認し、雪緒の顔を見ると、彼はかぶりを振って、

「……今日はいらない。それより、お、教えて欲しいことがあるんだ……」

まるで、この世の終わり、とでもいうような思いつめた顔で言う。

私は、さまざまな憶測《おくそく》を頭によぎらせながら、本気で心配になる。

「言ってごらんなさい。どうしました？」

「……あのね。クラスのみんなはもう知ってるって！　仲よしの湊もだよ！　でもオレだけ知らなくて！　室岡なら大人だから絶対知ってるだろうし……！」

「何をですか？」

聞くと、彼は困ったように眉を寄せ、真っ赤になる。

「……お、大人になったらするようなコト」

「……は？」

脳裏に、セックス、という言葉がよぎる。

……いや、雪緒が言うには早すぎる。

「詳しく言っていただかないと、教えようがありませんが？」

言うと、雪緒は顔を真っ赤にして、

「マスター……なんとか。自分で、アソコを、その……」

泣きそうな顔でうつむいてしまう。

美しい蝶《ちょう》のように瞬《また》く長い睫毛。恥ずかしげに染まる頬。そしてパジャマの襟元《えりもと》から覗く、透き通るような白い肌。

「マスターベーション……自慰行為のことですか？」

信じられない気持ちで呟くと、彼は微かにうなずく。

キスをねだるような柔らかな形の唇が、緊張と羞恥《しゅうち》にかすれた声で、

「……それって、どうやるのか……教えて欲しいんだ……」

……なんということを……。

私は、あまりのことに目眩を覚える。

そして、自分の中に湧《わ》き上がる恐ろしいほどの欲望に、自分で驚いてしまう。

……抱きたい……。

……今すぐに押し倒し、服をはぎ取って、すべてを奪ってしまいたい……。

私の心は、たしかにそう叫んでいた。

私は拳を握りしめ、すべての理性を総動員してその激しすぎる衝動に耐えた。

……彼は、尾野家が代々仕えてきた南条家の跡取りで、恩のある南条様のご子息だ。

……なんとかごまかして、今すぐにここを出て、二人きりではない場所に……。

思った時、雪緒がゆっくりと目を上げる。

「……室岡……」

かすれた声、羞恥に潤《うる》んだその美しい瞳が、私の理性の糸を……簡単に切ってしまう。

「……わかりました。教えて差し上げます」

私の唇が、勝手に言葉を漏らしてしまう。

私は操られるようにしてシートを立ち、彼の隣にゆっくりと座る。

緊張したように身体を震わせる彼に、

「……朝起きたら、下着を濡らしてしまっていることがありますね?」

言うと、彼は恥ずかしそうに赤くなる。

「うん。お風呂でパンツ洗ってる……」

「……それを、夜のうちに自分の手で出しておくのがマスターベーションです」

雪緒は思いつめたような顔で、うなずく。

「……やり方を教えます。ガウンはそのまま、パジャマのズボンと下着を脱いで」

「えええっ！　こんなところで？」

「……恥ずかしいですか？」

雪緒は泣きそうな顔でコクンとうなずく。

「……わかりました。それならこのままで」

私は、彼の身体を引き寄せ、そのままそっとシートの上に上半身を横たわらせる。

「……あ……室岡……？」

「……目を閉じて。私の指を感じてください」

彼はうなずいて、キュッと目を閉じる。

上等の革が張られた、ゆったりとしたリムジン・シート。しどけない姿でそこに横たえられた彼は……本当に美しかった。

私の身体に、激しい欲望が走った。

……今なら、抱いてしまうこともできる。

……彼の身体を味わい、そのまますべてを奪うこともできる。

私の指が勝手に動き、彼のガウンの紐《ひも》をそっと解いた。

大切なプレゼントの包装を解くようにして、それをはだけさせる。

薄いシルクのパジャマ越し、彼の淡い乳首がうっすらと透けている。

私は人さし指をそっと彼の鳩尾《みぞおち》に当てる。

彼のしなやかな身体のラインを確かめながら、ゆっくりと指を滑らせる。

「……ん……」

雪緒は小さく喘《あえ》ぎ、その小さな乳首の形をゆっくりと変えていく。

乳首が硬さを持って尖るまで、ジラしながら、一定の距離を保って愛撫《あいぶ》を続ける。

「……んん……」

雪緒の身体が、ピクピク、と揺れている。

私は指を滑らせ、尖り切った彼の乳首の先を、チョン、と軽くつついてやる。

「……あっ！」

雪緒は驚いたような声を上げ、無意識の動作で背中を反らす。

彼の身体の下で、革のシートが、ギュ、と小さく鳴る。

彼の腰のあたりに目を落とすと、薄いパジャマのズボンを、幼いながらもしっかりと押し上げているものがある。

「……マスターベーションは初めてなのに、こんなに硬くして。イケナイ人だ」

囁いてやると、幼い彼の屹立《きつりつ》はそれに反応してピクンと震える。

彼は恥ずかしそうに頬をさらに赤くして、

「……だって……オレ……」

そっとパジャマのボタンを外し、それをゆっくりとはだける。

彼に不思議な感情を覚えるようになってから、私は彼の肌を直《じか》に見ることを避けてきた。

滑らかな肌は真珠のように艶めいて、恐ろしいほどの色気を発している。

むき出しになった彼の胸の飾りが、ほのかに色づいている。

男の指に感じて尖ってしまった乳首を、純白のパジャマの隙間《すきま》から覗かせた彼は……とてつもなく淫《みだ》らで、そして本当に美しかった。

私は両手を伸ばし、指先で、彼の両方の乳首をそっと摘《つま》み上げた。

「……はあっ……あぁぁー……ん！」

雪緒は甘い声を上げて背中を反らす。

「いけません。使用人に乳首を摘まれただけで、そんな声を出してしまっては」

「……だって……おまえが……！」

「あなたは名門南条家の跡取りなのですよ？」

彼の下着と肌の間に手を滑り込ませる。

「……だって……ああっ！　室岡ぁっ……！」

震えている彼の欲望を握り込んでやる。

「……ひ、あぁんっ！」

逃げようとする腰を引き寄せ、彼の屹立の硬さと、熱と、その優雅な形を確かめる。

屹立の側面はすでに蕩《とろ》けそうに濡れていた。

握ってやっただけで、彼はその先端から、透き通った蜜をさらにトロリと溢れさせた。

「……こんなにトロトロになるまで濡らして。気持ちがいいのですか?」

雪緒は我を忘れた仕草でうなずく。

「ここを、自分の手でこうするのが……」

「……あっ……あっ……や、あ……っ!」

「……マスターベーションですよ、坊ちゃま」

ゆっくりと手を動かしてやると、彼の唇から、泣きそうな喘ぎが漏れる。

彼の欲望は、私の愛撫に感じて反り返り、その先端からとめどなく蜜を振り零した。

「……ダメ、室岡……出ちゃうっ……!」

「……もう少し我慢なさい。まだイクには早すぎますよ、坊ちゃま」

「……だって、だって、そんな……!」

とめどなく溢れる透き通った蜜が、私の手と彼の皮膚の間で擦《こす》れて、プチュ、クチュ、という淫らな音を立てる。

「……ああ、ああ……室岡ぁ……」

固い蕾《つぼみ》を持つ花がふわりと花びらを開くように、彼の身体が大人に近づいていく。

……愛《いと》おしい。

私の胸に、痛いような感覚が走る。

……なんて愛おしい存在なんだろう。

「……お願い、室岡……我慢できな……」

つらそうに眉を寄せ、頬を染めながら切れ切れに喘ぐ彼は本当に色っぽかった。

「気持ちがいい？　イキたいですか？」

「……う、ん……お願い……お願い！」

彼はたまらなげに呻《うめ》き、我を忘れたようにその細腰を私の手の動きに合わせて揺らした。

リムジンの中に響く淫らな濡れた音、革のシートが立てる規則的な擦過音《さっかおん》。

「はしたない坊ちゃまだ。自分から腰を振って、使用人におねだりしてしまうなんて」

ひときわ強く扱《しご》くと、彼の身体が反り返る。

「……ああ……っ！　や、ああんっ……！」

彼は甘く身体を震わせ、私の理性をすべて吹き飛ばすような色っぽい声で、

「……室岡……イヤッ……イク……！」

私は何もかも忘れて、彼のその愛らしい唇を初めて奪った。

「……ん、んんー……っ！」

禁断の果実は、とてつもなく甘く、蕩けそうなほどに熱く……私の正気を失わせた。

私は彼の脚を開かせる代わりにその唇を割り広げ、欲望を突き入れる代わりにあたたかな口腔《こうこう》に自分の舌を深く埋め込んだ。

「……くふっ……ん……んーっ！」

蜜に濡れた屹立を愛撫しながら、あたたかな唾液に満ちた彼の口腔を舌で犯す。

「……う、んんっ、んんーっ！」

彼は甘い声を上げ、そのしなやかな身体を反り返らせて……白い欲望を、トクントクン、と私の手の中に迸《ほとばし》らせた。

「……くっ、くう、ん……室岡ぁ……っ！」

余韻《よいん》に震える彼は、本当に美しかった。

必死で自分の欲望を抑え込みながら、私は悟っていた。

……私は彼を、本気で愛してしまったんだ。

そのまま、知らない顔で南条家に勤めることもできただろう。

しかし、雪緒のあんなに色っぽい顔を知った後で、彼への気持ちを今までどおりに抑え込むのは……もう、私には不可能だった。

私の目は雪緒の姿だけを追い、私の唇はあまりに柔らかだった彼の唇の感触を求め、そして私の心は彼への欲望だけで占められた。

雪緒があんなことを言い出したのは、単なる子供らしい無邪気さと、男の子に独得の性への好奇心から。

私にそれを教えてくれるように求めたのは、単に私が一番身近にいる大人だったからだ。

……心では解っていた。しかし……。

一瞬でも二人きりになれば、私は理性を失い、主家の大切な跡取りである彼に襲いかかっただろう。

そして彼の意志を無視し、押さえつけてでも、彼のすべてを奪ってしまっただろう。

あんな行為の後でも雪緒の態度は変わらなかった。それどころかますます無防備になり、秘密を共有した気安さからか、ますます私に甘える様子を見せた。

私は、ともすれば二人きりになりたがる彼から必死で逃げ、しかしその理性もギリギリの糸でつなぎとめられているだけで。

……もう、一緒にいることは許されない。

激しい罪の意識に苛《さいな》まれながら、私はこの屋敷を去ることを決意した。

＊

そして今。雪緒はますます美しく、そして日々その色っぽさを増してきている。

私は理性を総動員し、彼を抱きしめたいという誘惑にギリギリで耐えている。

あれからもう五年。もう大丈夫だと思った。自分はあの時よりも大人になったのだと。

だが、ふと意識が遠のくほどに彼を欲している瞬間がある。

……つらい……。

私の胸に、痛みと、そして激しい怒りにも似た雪緒への暗い感情が湧き上がる。

……しかも、どうして、私の理性の糸を切りそうなことばかりを繰り返すんだ、雪緒？

雪緒は、まるで世界にただ一頭だけの貴重な蝶のように、私を幻惑する。摑《つか》めば潰《つぶ》してしまうのが解っている私は、もういっそ手の届かない場所に飛び去って欲しいとさえ思う。だが雪緒はまるで誘惑するかのように目の前を通り過ぎ、私の鼻先をかすめる。

私を怒らせるような行為をわざと目の前でし、それから挑《いど》むように私を見上げる、彼のあの日が忘れられない。

昔よりもさらに透明度を増したようなその美しい瞳。

毛を逆立てた猫のように怒りに瞳を煌めかせた雪緒は……本当に不思議なほどの色気を発してしまう。

なのに、自分を見つめる男の視線に獰猛《どうもう》な欲望が滲《にじ》んでいることなど、少しも気づいていない。

お仕置きという名目で彼を苛《いじ》めた後の、悔しそうに見上げてきた目を思い出す。

……もっと、私を憎く思うといい。

……男というものがどんなに怖いものか、きちんと学習するんだ、雪緒。

……私はもうあなたを守れない。もうすぐきっと限界が来るだろう。

私は手で顔を覆って、深いため息をつく。

今すぐに彼の下に駆けつけ、リムジンでさらって、誰もいないどこかに連れ去って……抱いてしまいたい。

私は彼を見守り、南条家次期当主に相応《ふさわ》しくなるために必要なさまざまなことを教え、彼の幸せだけを願って生きるはずだった。

……なのに……。

私の中には、雪緒への欲望が渦巻いている。

……雪緒……。

彼のすべての服をはぎ取り、白い肌を貪《むさぼ》り、あのしなやかで美しい身体に……私だけのものだという印を刻んでしまいたい。

……つらい。

その欲望と戦うのは、本当に拷問のようで。

衝動は激しい炎となって、私の理性を焼き尽くそうとする。

……いけない。

……それは、絶対に許されないことだ。

南条雪緒

お茶に誘ってくるクラスメイトを振り切って、オレは駐車場への小道を歩いていた。

授業中、昔のことをいろいろ思い出しちゃったから、とても優雅にお茶する気分じゃない。

……そう。初めて彼に、一人エッチのことを教えられた夜とか……。

あの夜のことを思い出すだけで、オレは今でも真っ赤になってしまうんだ。

「……子供だったとはいえ、イジワル野郎の室岡と、なんてことをしちゃったんだろ」

……でも。

あの夜の室岡は、優しくて、本当にセクシーで。オレは半分意識をトバしてしまいながら、彼の手の中で思い切りイッてしまった。

オレは少し大人になってマスターベーションを覚えたけど……あんな気絶しそうなすごい快感は、あれから一度も得たことがない。

そしてオレは今でも、彼と秘密を共有したことを後悔なんかしてない。

……室岡は、後悔してるんだろうか？

……きっとそうだ。だから、オレにイジワルばっかりするんだ。

思ったら、なぜか悲しくなってくる。

＊

リムジンの並ぶ、学校の駐車場。

すらりと背が高い、すごい美青年が、室岡に色っぽくしなだれかかってる。

……嶺《れい》だっ！　信じられない！

オレは怒りに震えながら思う。

……まったく油断もスキもないっ！

彼は従兄弟《いとこ》の南条嶺。この学園の数学教師。

美人だし、妙に色っぽいから、嶺は昔から黙ってたってモテた。そのうえ彼はゲイで、自分からアプローチしまくりだから……男子校であるこの学園では、嶺の周りには男たちが山のようにいて争いごとが絶えない。

……そういう男と遊んでりゃいいじゃん！

……なんで室岡にまでセマるわけ？

オレは憤然とため息をつく。

……気に入れば誰彼構わず誘惑しちゃう、みたいなとこ、オレには理解できない！

オレはやっぱり、運命の人と出会って、その人にだけ心のすべてを捧げたい。

ロマンティックなシチュエーションで、甘いキスとかして……。

そこでふいに室岡の顔が浮かんで、オレは一人で真っ赤になってしまう。

……な、なんでここで室岡を思い出すんだよおっ？

……まるで、そういう対象として室岡のこと見てるみたいじゃんか！

オレはプルプルとかぶりを振る。

……冗談じゃないぞっ！　あんなイジワル野郎なんか！

……そんなことより！

オレは、怒りのあまり仁王《におうだ》立ちになって、二人を見つめる。

……俺を迎えに来たはずなのに！　なんで嶺とイチャついてるんだよっ！

……なんて憎たらしいんだ、室岡！

オレが拳を握りしめた時……、

「……雪緒姫……」

甘ったるい囁きとともに、首筋に生あたたかい息が吹きかけられる。

室岡と嶺のことで頭がいっぱいで、背中ががら空きだったオレは、驚きと気持ち悪さで飛び上がってしまう。

「……はうっ！」

「……感じやすいんだね、雪緒姫。素敵だ」

フフ、とキザに笑っているのは、生徒会長の竹之内だった。

……なんでこいつが来るんだよ！

オレはうんざりしながら、彼に背を向ける。

「ごめんなさい、竹之内くん。オ……いや、僕、今ちょっと忙しいから……」

あっちへ行ってくれ、と言いかけて、オレはふとあることに気づく。

……竹之内とイチャついてみせれば、室岡はちょっとはオレのこと気にしてくれるんじゃないのかな？

……そうだよ、室岡！　おまえは、オレを守るナイトであるべきなんだぞ！

……サボってほかの男とイチャついたりすると、悪い虫がオレにどんどん寄ってくるんだぞ！

……それをしっかり見せつけてやる！

オレはいったん背を向けた竹之内の方を、勢いよく振り向く。

「竹之内くん！」

「な、何かな、雪緒姫？」

「僕の車で、お家まで送ろうか？」

言うと、彼は、信じられない、という顔で呆然とする。

オレは、彼のその顔を見て、いくら室岡に思い知らせるためとはいえ、あまりにも唐突だったかな、と思い直す。

「いや、君にも都合があるよね？　それなら、今日はこれで……」

「夢みたいだ！　雪緒姫が誘ってくれるなんて！　しかも車で一緒に下校だなんて！」

彼は図々《ずうずう》しくオレの両手を握りしめ、

「ああ、生徒会の会議をサボって、ここに来てみてよかった！」

室岡はまだ嶺と話をしていたけど、オレの視線に気づいたようにチラリとこっちを見る。

……しめた、見せつけるチャンス！

「一緒に帰ろう！　車の中で話せるし！」

わざと室岡に聞こえるような大声で言う。

室岡が少し驚いた顔でオレと竹之内を見比べたのを見て、ちょっといい気分になる。

もちろんオレの意図になんか気づいてないであろう竹之内は、興奮したように、

「ああー、本当に夢みたいだ！」

……ほら、オレと一緒ってだけで、こんなに喜んでくれる男だっているんだぞ？

……おまえもちょっとはありがたがれ！

だけど、室岡がすぐに無表情に戻ったのを見て、めちゃくちゃ悔しくなる。

竹之内は調子に乗ってオレの背中に手をまわす。それから目を上げて、嶺と室岡が並んでいるのにやっと気づく。

「あ、嶺先生！　こんにちは！」

面食いを自称するこいつは、ルックスのいい嶺を見て、嬉しそうに叫ぶ。

「お二人はお知り合い……あ、嶺先生って、雪緒姫の従兄弟だから、運転手の室岡さんを知っていても不思議じゃないですね！」

嶺は、その美人顔に計算され尽くした笑みを浮かべてみせる。

「うん。雪緒は僕の自慢の従兄弟なんだ」

……嘘つけ！　バカにしてるくせに！

「だから、室岡のことも、昔からよーく知ってるんだよね」

言いながら、指先で室岡のきっちりと結ばれたネクタイを辿《たど》る。

……あっ、何やってるんだよ！

オレが睨むと、嶺は、お子様に睨まれたって平気だよ、って顔で見返してくる。

……うう、昔からこうだったけど……今でもやっぱりめちゃくちゃ憎たらしい！

嶺にいやらしく触れられてるのに、室岡は無表情のまま、不快そうな様子も見せない。

……なんだよお、少しは嫌がれよぉ！

オレはなぜだかすごくムカつきながら思う。

……それとも、美人の嶺に触られて、内心嬉しがってるのかよ？

竹之内は、すっかり舞い上がった様子で、

「室岡さん、今日は僕も乗せてもらうから。雪緒姫に誘われちゃって。まいったなあ」

竹之内は、でれっとした顔でオレを見る。

……どうだ、見直したか、室岡！

「失礼ですが、竹之内様」

人の気も知らず、室岡は憎たらしくも完璧な無表情で言う。

「先ほど、運転手の田中《たなか》さんがお捜しでした。お会いになりましたか？」

「会ってないけど、いいよ、放っておいて。田中は携帯電話も持ってないし……しばらく待って僕が見つからなかったら、適当な時間に勝手に屋敷に帰るだろ！」

竹之内は、肩をすくめて平然と言う。

竹之内家の運転手、田中さんはけっこうな高齢で、でも竹之内家に忠実な、使用人の鏡。

……あの田中さんに、そんなこと……！

オレが怒りそうになった時、室岡が、

「田中さんなら閉門の九時まで待ちますよ」

竹之内を睨んで厳しい声で言う。

「田中さんはとても忠実な運転手ですから。高齢のあの方を、五時間もリムジンの運転席で待たせる気ですか？」

普段誰にも叱《しか》られたことなんかないであろう竹之内は、面食《めんく》らった顔で室岡を見つめる。

「な、なんだよ？」

「ご自分のリムジンでお帰りください。ご迷惑も顧みず坊ちゃまがお誘いして申しわけありませんでした」

「指図するな！　僕を誰だと思ってるんだ？」

竹之内は、オレの前で恥をかかされたと思ったのか、ムキになって叫ぶ。

「僕は、この学園の生徒会長で、竹之内家の次期当主だぞ！　運転手の分際で……！」

怒ってる竹之内に肩をすくめてみせて、室岡は平然とオレに向き直る。

「坊ちゃま。天気が崩れそうです。雨が降らないうちに屋敷に帰りましょう」

言って、リムジンの後部ドアを開ける。そして竹之内と嶺を振り返って、

「竹之内様、嶺様、失礼いたします」

勝手に二人に挨拶《あいさつ》をし、さっさと乗りなさい、と目で合図を送ってくる。

竹之内はムッとしたように頬を膨らませたけど、あきらめたように、

「……残念だけど、またね、雪緒姫」

「あ、僕は乗せてもらっていいよね？　たまには伯父《おじ》様と伯母《おば》様に挨拶をしないと……」

嶺が、室岡に色目を使いながら言う。

オレはとっさに、

「そういえば、学年主任が捜してたよ！　何か悪行がばれたんじゃないの、嶺『先生』！」

言ってやると、嶺は悔しそうにオレを睨む。

「学年主任が？　本当？」

「本当！　本当だよ！」

……たしかに嘘じゃない。嶺のファンである学年主任が、嶺先生とぜひ一緒に帰りたい、って言いながら捜してただけだけどね！

「悔しいけど仕方ないか。乗せてもらうのはまた今度ね、室岡！……あ、そうだ雪緒！」

嶺は、イジワルな顔でオレを見て、

「明後日《あさって》の数学の時間に小テストをするよ。また赤点取ったらお仕置きだからね！」

……オレが数学が苦手なのを知ってて！

「何をしてもらおう？　居残り授業じゃ僕まで残業になるし……そうだ、雪緒のリムジンを一日貸してもらうよ、週末にでも」

「え？」

「もちろん、運転手の室岡付きでね。どこに連れていってもらおうかな？　楽しみ！」

オレに片目をつぶってみせて、笑いながら踵《きびす》を返す。

……ちくしょーっ！

……負けてたまるかーっ！

室岡泰臣

雪緒の学校から屋敷まで、車で約二十分。

送り迎えの往復四十分は、私にとって彼と二人きりになれる至福の、そして拷問の時間。

さっきの嶺様とのやりとりが気に触ったのか、雪緒は後部座席で頬を膨らませている。

……そして、私はといえば。

まるで私の神経を逆撫《さかな》でしようとするかのように、雪緒は生徒会長に誘いをかけていた。

軽い口調で話していた生徒会長の目に本気の欲望が宿っていたことなど、雪緒は夢にも思っていないだろう。

まだ高校生とはいえ、相手はすでに立派な大人の体格をしている。

……無理やり押し倒されたら、華奢《きゃしゃ》な雪緒が抵抗しきれるわけがない。私がいない場所で襲いかかられたら、どうする気なんだ?

雪緒の無防備さ、そして子供っぽい浅はかさが、私にはとても苛立《いらだ》たしい。

「……坊ちゃま」

「なんだよっ!」

「ほかのリムジン運転手さんからお聞きしたのですが……こんな雨の夜には、たまに出るらしいですね」

「出るって、何が?」

車は、ちょうど小さな墓地の前を通りかかっている。

「あれは……幽霊、とでも言うのかな?」

「わーっ! 脅かすなよぉっ!」

雪緒は不機嫌も忘れたのか、思い切り大声を上げる。それから、

「べ、別に怖いわけじゃないぞっ!」

ムキになったように叫ぶ。

私は、憎らしい彼をもっと怖がらせてしまいたくなり、わざと声を低くして、

「いえ、バックミラー越しに何かが見えたような気がしましたので」

「……バ、バックミラー越し?」

「振り向かない方がいいです、坊ちゃま。リアウインドウの向こう側に、誰かが……」

「う、ぎゃあぁ〰〰〰!」

雪緒は席を立つと、向かい合わせになったシートの運転席側に移ってくる。

「室岡、さっさと屋敷に帰ろうっ!」

開いたままの仕切窓の向こう、耳元で叫ぶ。

この距離で声が聞こえるということは……リアウインドウを見るのが怖くて、子供のようにシートに膝立ちになっているのだろう。

学校では、雪緒姫、などと呼ばれ、生徒たちから女神様のように崇《あが》められている。成績はよくないが、教師たちの人気も高く、甘やかされているようだ（雪緒のことを昔から知っている嶺様だけは例外だが）。

イメージを壊さないようにか、雪緒は学校ではわざわざクールな顔をしてみせている。

……だが。

「ねえ、もういない？　いないよな？」

私の前でだけは開けっぴろげになってしまう彼の様子が……とても可愛らしい。

……昔から、本当に怖がりだった。

怖がってすがりついてくる彼が可愛くて、昔もよく怪談をして怖がらせた。

すっかり生意気になったが、この怖がりなところは、今も変わっていないようだ。

昔と違うのは……私の中に、当時とは違う、暗い欲求が宿っていること。

……絶対に手に入らない。なのにまるで挑発するように私を見る彼が、とても憎らしい。

……めちゃくちゃにできないのなら、せめて泣くほど苛めてしまいたい。

「ええ、もう何も見えません。しかしたまにいるようですね」

「……な、何が？」

「家までついてきてしまうような幽霊が」

「ふ、ぎゃ〰〰〰っ！」

雪緒は私の耳元で思い切り叫ぶ。それから、

「室岡！　今夜、オレの部屋に来るんだぞ！　ええと……数学の勉強見てくれよ！」

その言葉に、私は驚いてしまう。

……夜？　彼の部屋で二人きり？

……そんな拷問に耐えられるかどうか……。

「怖いんじゃないぞ！　嶺に負けるなんて悔しいからだぞ！　絶対来い！」

「待ってください、私は……」

「嶺があんなこと言い出したのはおまえのせいでもあるんだぞ！　責任取れ！」

「坊ちゃま、私は今夜は用事があります」

「そんなの断れ！」

「坊ちゃま」

「おまえはオレの運転手なんだからな！　命令に逆らうなんて許さないんだからな！」

……ああ、なんてことだ……。

南条雪緒

最初は、室岡が怖いことを言うから、仕方なく部屋に呼んだって感じだった。

……正直言えば、一人になるのがけっこう怖くて。

だけど、数学を教わってるうちに、怖いことなんか忘れちゃって。

すごく久々に二人きりで部屋にいることに気づいて、なんだかちょっと嬉しくなった。

「この問題と、この問題、そしてこの問題は、同じこの公式を使えば解くことができます」

室岡が、シャープペンの先で公式を示す。

シャープペンを握った彼の手は、すごく滑らかで。甲に浮かぶ男らしい骨の感じまでが、本当に美しくて。

「なぜなら、問題の式の、この部分がすべて共通しているからです」

彼の声は、低くて、本当に美声で。

「では、あなたがわからなかったこの問題を、もう一度、この公式を使って……」

目を伏せた室岡の睫毛は、本当に長くて。すっと通った鼻筋がすんごく格好よくて……。

「……聞いていますか、坊ちゃま?」

室岡は、教科書から目も上げずに言う。

「同じ問題をもう一度間違えるようでしたら、お尻を叩いてお仕置きしますよ?」

……ひいっ! 見とれてる場合じゃない!

「聞いてるよ! ちょ、ちょっと待って! ええと、これとこれがこの公式で、こっちはこの公式でぇ……とするとぉ~」

オレは室岡からシャープペンを奪って、ノートに計算をしていく。

……あれれ？

今まで、絶対に解読不可能な暗号としか思えなかった問題が、だんだん……、

「わ、わかった！　答えはこうだっ！」

室岡は無表情に、オレの手元を覗き込む。

「……あ、合ってる……よな？」

……お尻を叩かれるのはイヤだよっ！

「合っています」

……やった……！

「ですが、まぐれかもしれませんので、このページの問題をすべてどうぞ」

「……うっ、わ、わかったよ！」

室岡は頭がよくて、彼の教え方はすごく解りやすかった。そのまま小テストは楽勝、と思うほどしっかり教わって……気が付いたら、もう夜中過ぎになっていた。

「考えてみれば、嶺の言った賭《かけ》ってひどい」

オレは教科書を閉じながら膨れる。

「いい点を取っても、オレにはなんのご褒美《ほうび》もないじゃん。……あ！」

オレは、室岡の方に身を乗り出す。

「室岡、オレがいい点を取ったら嬉しいよね！　室岡がオレにご褒美をくれない？」

「ご褒美ですか？」

「うん。何がいいかな？　ええと……」

オレは少し考え、それからずっとしたかったことを言う。

「おまえ、屋敷に帰ってこないで、このそばに部屋を借りたじゃん。そこに行きたい！」

室岡は少し驚いた顔をする。

「いいだろ？　ちゃんといい点取るから！」

室岡は少し考え、ため息混じりに、

「……わかりました。今までの最高点を取れたら、私の部屋で夕食をごちそうします」

「やった！　ちゃんと準備しとけよっ！」

……ああ、なんでこんなに嬉しいのかな？

*

そして、テスト前夜。

定期テスト前でもさっさと寝ちゃってたオレが、今夜は真面目《まじめ》に教科書に向かってる。

「……ええと、この問題にはあの公式だな？」

昨夜、室岡が教えてくれたやり方で考えると、面白いように問題が解けていく。

「これで最後、と！　偉すぎる、オレ！」

オレは、計算式で真っ黒になったノートを見ながら、自画自賛する。

時計を見ると、針は午前二時を指してる。

「うわあ、こんな時間。もう寝ないと～」

オレはイスから立ち上がり、ヨロヨロと部屋を横切ってベッドに向かう。

……テスト範囲の問題は解けるはずだから、後は公式を忘れないようにすれば……。

思ったら、足が止まってしまう。

……もし、公式を忘れちゃったら？　そして赤点を取っちゃったら？

……室岡が、嶺と二人きりに……？

あの嶺が、室岡に露骨にセマらないわけがない。嶺なら、キスくらいねだるかも？

思っただけで、サアッと血の気と眠気が引いていく。

「ダメだ！　寝てる場合じゃないっ！」

オレは思わず叫んで、デスクに戻る。

「もう一回復習だあっ！」

……嶺なんかに、絶対負けない！

……室岡はオレだけの専属運転手！　オレだけのものなんだからなっ！

そしてオレはそのまま夜明け近くまで勉強し、目をギラギラさせて嶺を怯えさせながら数学の小テストに臨み……、

＊

そして、その日の放課後。

小テストは、ホームルームの後で学級委員から返却された。オレはその答案を鞄に詰めて、一番に教室を飛び出し……、

「今朝は起こされたらすぐ起きた！」

後部シートに座ったオレは、室岡に言う。

「朝は嫌いなニンジンとほうれん草を食べたし、お昼はおとなしくおまえの持ってきたシイタケとイワシのフライの入ったお弁当を食べた！　ちゃんと生徒会長とか撃退して、湊や柔道部の二人と一緒にだぞ！　そしてそしてそしてっ！」

オレは、ゴソゴソと鞄を探って、

「数学の小テスト！　七十点！　今までの最高点は三十二点だったから奇跡みたいな快挙だぞ！」

広げたテスト用紙をバックミラーの、室岡から見えるところにかざしてみせる。

特訓の甲斐《かい》あって公式は完璧に覚えてた。マイナス三十点は計算間違いの凡ミス。ちょっと悔しいけど、オレにしたらほとんど奇跡で。

「ちゃんと見て！　オレってやっぱ偉すぎ！」

「……七十点ですか。手放しで褒めるまでには、あと三十点ほど足りませんね」

痛いところを突く室岡の冷静な声に、オレは悔しくなって後部シートで暴れる。

「なんで素直に褒めないんだよおっ！　おまえが帰ってくるまで赤点ギリギリしか取ったことな

かったオレが！　七十点だぞ！」

「手放しでは褒められませんが、三カ月前と比較すれば大変な進歩といえますね」

オレは珍しい彼の言葉に目を丸くし、それからなんだかすごく嬉しくなる。

「これでおまえは週末、嶺に付き合わされなくてすむんだから感謝しろよ。……約束、覚えてるだろうな？　七十点取ったんだぞ！」

オレは、上目遣《うわめづか》いで彼を睨みながら言う。

……まさか忘れてないだろうな？

「約束？　なんのことでしょう？」

……嘘！　忘れてる？

「なんだよ、それ？　おまえと約束したから、オレめちゃくちゃ頑張ったんだぞっ！」

……信じられない！　室岡のやつっ！

「このまま行ったら屋敷に着いちゃうじゃないかっ！　あの角で曲がれよっ！」

そう、この道を真っ直ぐ行くと屋敷。室岡の部屋に行くにはこの先の角で曲がらなきゃいけないはずなんだ。

オレはずっと室岡の部屋に行きたくて、前に室岡がチラリと漏らしたそのことを、ずっと忘れられなくて。

いつか、この角で曲がって欲しくて。

「いい点取ったら部屋に来ていいって言ったじゃないかあっ！」

「そんなことを言いましたか？」

オレは怒りのあまり拳を握りしめる。

……あんなにめちゃくちゃ頑張ったのに！

「約束忘れるなんて、最低の……！」

「嘘ですよ」

室岡はバックミラー越しにオレを見つめる。

「約束のご褒美です」

言って、左方向へのウインカーを出す。

リムジンが左に曲がり……オレは、それだけで不思議なほど幸せな気分になってしまう。

＊

「……ここが、室岡の住んでるとこ……」

オレは、そのマンションの外観に思わず見とれながら呟く。

「……綺麗じゃん……」

一人住まい、とか言うから、もっと庶民的なアパートを想像してた。ドラマで見るような畳の部屋で、ちゃぶ台を間に挟んで二人でご飯を食べたりして。そんなところとかを想像して、ちょっとドキドキしてたんだ。

……けど。

高台にあるスタイリッシュなそれは、重厚な煉瓦《れんが》造りの美しい建物だった。

お屋敷が並ぶ目白《めじろ》の閑静な住宅地の景色にも、ぴったりとマッチしている。

窓の配置を見る限りでは、このマンションは一人暮らしをするような場所じゃない。ファミリー向けというにも一部屋が広すぎる感じ。外国人向けの超高級マンションかな？

リムジンは滑らかに進み、駐車場があるらしい地下へのスロープを下る。

洒落《しゃれ》た照明に照らされた地下駐車場は、外から見た戸数のわりには広々としている。そして停まっているのは車の雑誌に並んでいそうな高級車ばっかり。駐車スペースには一つ一つ部屋番号が書いてあるみたいなんだけど……よく見ると、同じ番号が何台分も続いていたりする。

……ってことは、超高級車をみんな何台も。

……やっぱりお金持ちが住むところだ。

室岡の母方の尾野家は、普通の感覚から言ったら血筋正しい名家といえる。

室岡の父方、室岡家もうちほどじゃないけどそうとうの富豪だって聞いたことがある。

亡くなった室岡のご両親が、室岡にすごい遺産を残したって噂《うわさ》も聞いた。

そういえば、室岡だって一般の人から見たら血筋正しいお金持ちなんだよね。

＊

室岡の部屋はマンションの最上階にあった。

室岡が鍵を開け、オレのためにドアを開けてくれる。お洒落な間接照明に照らされた石張りの廊下を抜け、正面の部屋がリビング。五十畳くらいありそうな広大な部屋だった。

もともときちんとしている室岡（屋敷に住んでた時も室岡の部屋はすごく綺麗だったし）が、乱雑な部屋に住んでるわけがないとは思ったんだけど……。

室岡の部屋は、外国のインテリア雑誌から抜け出てきたかのようだった。

深い色をした、上等のフローリング。

ミッド・センチュリー・モダンっていうのかな？　直線的なデザインの黒革のソファと、艶消し枠を持つローテーブル。

吹き抜けの窓を覆う、ウッド・ブラインド。

高い高い天井では、ブラインドとお揃いの色をしたウッド・ファンが、ゆっくりとまわって空気を循環させている。

……なんか、めちゃくちゃ格好いい。

部屋には、室岡のコロンの香りが漂ってる。

……なんか、めちゃくちゃ落ち着く。

六人は座れそうな大きなダイニングテーブルに、オレは案内された。

室岡は、オレの前に、布製のランチョンマットをセットする。その両脇に、重そうなシルバーのカトラリーを、何本も並べていく。

きらきら光るクリスタルのシャンパングラスに、泡の立つ飲み物が注がれる。

「やった！　これってお酒？」

「未成年のあなたにお酒をお出しすることはできません。……ライムペリエです」

「ケチ！　プライベートな時間なんだから、ちょっとくらいはいいじゃんか！」

「そんなことをしたら、旦那様にも、奥様にも合わせる顔がなくなってしまいます」

「……ったく！　頭が固いんだから！」

室岡は、平然と肩をすくめて受け流す。

「オレが二十歳《はたち》になったら、ちゃんとお酒を出してくれるよな？」

室岡は、なぜか少しだけ迷うように黙る。それからふと笑って、

「そうですね。坊ちゃまが二十歳になった時、私がそばにいましたら」

「なんだよ、それ？　おまえはこれからはずっとオレのそばにいるって決まってる！　二十歳になった時だってそばにいるだろ？」

オレは言って、食事に取りかかる。

前菜には、たっぷりの野菜を添えた、オマール海老《えび》のサラダ仕立て。第一の皿には、栗とトロトロのパルミジャーノチーズが入ったリゾット。メイン料理には、柔らかく煮た小タマネギとブロッコリーを添えた、深い褐色のタンシチュー。

食が細いオレに合わせてくれたのか、どれも少しずつ、でも高価そうな皿に美しく盛られていて、すごく食欲をそそる。

「うわーん。頑張っていい点取ってよかったよー！　室岡って料理の天才ー！」

オレはあまりの美味《おい》しさに思わず叫ぶ。

屋敷には専属のシェフがいるから、彼の目を盗んで作れるのは、おやつのフレンチトーストか夜食のサンドイッチくらいだった。

でも、室岡が作るものは、どこかしら凝《こ》っていて、すごく美味しかった。

紅茶が好きなオレのためにレシピから考えてくれた、ミルクティーの香りのフレンチトーストなんか……今でも忘れられないくらいだ。

「しかし。室岡って、こんな凝った料理も作れるんだね！　プロのシェフみたい！」

「おそれいります」

「このタンシチューとか、すっごく時間がかかりそうだけど」

「ええ。昨日と今日。あなたと一緒でない時間はこれにかかりきりでした」

オレは驚いて室岡の顔を見上げる。

「……昨日……から？」

「ええ。あなたはやる時はやる方です。きっとご褒美が必要になると思っていました」

オレはなんだか泣いてしまいそうになる。

イジワル嶺は例外として……学校の先生たちは、オレをみんなで甘やかす。

ちょっとくらい点が悪くても、ぎりぎりで笑って許してくれちゃったり。

最近のオレは、いつも、『ワガママでダメな子だけど仕方ないから許してあげる』みたいな扱いばっかり受けてきた気がする。

『ダメな子だからこんなもんか』みたいな。

……でも、室岡は、オレのことを信じてくれてる？

室岡は、完璧に無表情な顔に、ほんの微かにだけど、笑みを浮かべてくれる。

「……よくできました」

オレの心臓が、トクンと高鳴った。

室岡が優しかった時に感じてたような、甘い気持ちがオレの身体に満ちてくる。

「……オレ、今夜はここに泊まってもいい？」

オレの唇が、勝手に言葉を紡いでしまう。

口にしてから、オレは後悔する。

……きっと、冷たく断られる……！

……言わなきゃよかった……！

「こんなむさくるしいところでよろしければ」

迷うように間を置いてから、でもきっぱりと言われた彼の返答に、逆に驚いてしまう。

「そのかわり、屋敷に着替えと教科書を取りに戻るために、明日はいつもより早起きです」

オレは、慌ててうなずいた。

それからオレはお風呂に入って。室岡が用意した彼のパジャマを着てベッドに入った。

ぶかぶかのパジャマからは、清潔な石鹸《せっけん》の香り。それに混ざって、ふわりと室岡のコロンが香る気がした。

オレはなんだか昔に戻ったみたいに幸せで。だから後からベッドに入ってきた室岡に、

「……室岡、これじゃ寒くて眠れない……」

「冷房は弱にしてありますが。切りますか?」

「いい！　そのかわりにやることあるだろ?」

オレは月明かりに照らされた彼を見上げ、両手を伸ばす。それはまだ二人が兄弟みたいに近しかった頃の、抱きしめて、という合図。

「……坊ちゃま……」

室岡が、驚いたようなかすれた声で言う。

それでオレはハッと我に返る。

「う、嘘だよ！　さっさと寝ろよっ！」

真っ赤になって寝返りを打とうとした時、いきなりオレの身体がさらい込まれ、そのままあたたかな腕に抱き込まれた。

「……あ……っ！」

頬が、彼のパジャマの胸に押しつけられている。昔よりもさらに逞しくなったその胸の筋肉の感じに、オレは陶然としてしまう。

「……これで……眠れますか……?」

胸から直接響くその低い美声。

「……うん。……おやすみ、室岡……」

室岡の腕が、キュッとオレの身体を抱きしめてくれる。

「……おやすみなさい、雪緒坊ちゃま」

オレはそのまま、室岡のコロンの香りに包まれてすごく幸せな気分で眠りにつき……そして、
昔、彼が優しかった頃の夢を見た。

室岡泰臣《むろおかやすおみ》

……どうして抱きしめてしまったんだろう。

雪緒《ゆきお》は、人の気も知らず、私の胸に頰《ほお》を埋めるようにして眠っている。

その柔らかな身体の感触を感じながら欲望を抑えるのは、私にとってはまるで拷問《ごうもん》だ。

「……室岡ぁ……」

雪緒の唇から、微《かす》かな寝言が漏れる。

それはまるで五年前のあの頃のような、甘えるような声で。

雪緒の寝顔は、あの頃のように幸せそうで。

雪緒は仔猫のように私の胸に頰を擦り寄せる。

「……大好き……」

囁《ささや》かれた言葉が、私の心に突き刺さる。

……きっと、二人が親しかった頃の夢でも見ているのだろうな。

今の雪緒が、こんなふうに無防備に私に身体を預けてくれるわけがない。

彼が、私を警戒し、怯《おび》えるようにし向けたのは、この私だ。

だが、本心では……彼に甘えられることを、やはりこんなに幸せに感じてしまう。

＊

「それはまるで拷問だな、ヤスオミ」

ソファの向かい側に座った男が言う。

「恋しい相手が同じベッドにいるのに、我慢しなければならないなんて」

目白《めじろ》。私の部屋からほど近い場所にある、ホテル・フォーシーズンズ東京《トウキョウ》。

広々とした二間続き、緑の茂る専用庭付きの、一番豪華なスウィートだ。

東京の夜景を見渡せるそのテラスで、私は久々に会う友人と向かい合っていた。

「しかも夜中に寝言で名前を呼ばれました」

言うと、彼は苦笑して、優雅な仕草で目の前のワイングラスを持ち上げる。

「私だったら、とても我慢できないな」

「そのような経験が？」

言うと、彼は何かを思い出すようなセクシーな顔をする。

「ないとは言わないが、可愛いお姫様のためにとりあえずノーコメントにしておくよ」

彼の名前は、エンツォ・フランチェスコ・バルジーニ。

イタリア人で、私と同じ二十八歳。

友人というだけでなく、私のチェス仲間でもある。

無敗だった私を初めて負かせたチェスの名手で、つい数日前も電話越しの対戦で私を負かしたという好敵手《ライバル》だ。

頭脳明晰《めいせき》であるだけでなく、艶《つや》のある黒髪と、奇跡のように鮮やかな菫《すみれ》色の瞳を持つ、とんでもない美形の男だ。

ヴェネツィア中、いや、世界中の社交界の女性を魅了しているその美しい容姿。

だが、実は彼はゲイで、女性にはまったく興味がないらしい。

しかも、つい最近、熱愛する運命の恋人を見つけたらしく、クールな顔をしながらも、中身は幸せすぎてデレデレの状態なことを私は知っている。

五年前、雪緒に快感を教えてしまった夜から二週間後。私は南条《なんじょう》の家を出てイタリアに渡った。

ヨーロッパで一番高級とも言われるヴェネツィアの老舗《しにせ》ホテルになんとか就職を決め、慣れないイタリア語に苦労していた頃、知り合ったのがこのエンツォだ。

エンツォは、私が勤めるホテルのカフェの常連客だった。よく夜遅い時間にカフェに来て、海を見つめながらワインを傾けていた。

彼が南条家と並ぶほどの大富豪・バルジーニ家の御曹司《おんぞうし》で、カフェから見たことのある有名な豪華客船の船長だったことを知った時には……そうとう驚いたが。

エンツォは、前から私の働きぶりを見ていて、いつかは話をしようと思っていてくれたらしい。自分の豪華客船のコンシェルジェとして働いてくれないか、と言われて……私は心が動いた。

彼の船、『プリンセス・オブ・ヴェネツィアⅡ』は、世界中の大富豪が集まることで有名だ。船長であるエンツォの許可が得られなければどんな富豪でも乗船できないために、マニアの垂涎《すいぜん》の的になっているらしい。

そこで働くことは、どんな高級ホテルで働くよりも勉強になるはず。ホテルマンとしてやっていくのなら、これほど魅力的な職場はなかった。

しかし、私はその誘いを丁重《ていちょう》に断った。

船に乗ってしまったら、たとえ雪緒に何があってもそうそう日本に戻ることができない。

私は、まだ……雪緒に未練があったのだ。

「日本にいる恋人と、無事に会えましたか？」

私が聞くと、エンツォは喜びを隠しきれないように笑みを浮かべる。

「ああ。彼の空いている時間すべてをデートで予約した。ご両親と妹さんには公認なので、連れ出すのは簡単なんだ。だが……」

彼は何かを思い出すようにため息をつく。

「……私の恋人は恥ずかしがり屋で、『帰らなかったらおまえと何をしたのかバレバレだ』などと言って、今回日本に来てから、まだ一度も夜をともに過ごしてくれていないんだ」

「それはそれは」

言うと、彼はテーブルに身を乗り出して、

「だが、南条家当主の誕生日パーティーに一緒に行くことを承諾してくれた。しかも外泊許可付きだ。どうやら南条家の御曹司は、私のお姫様と知り合いで同級生らしいよ」

「……あなたの恋人が、雪緒坊ちゃまのお知り合いですか？」

たしかに、エンツォのお相手（どうやら親公認でお見合いのようなことをしたらしい）はどこかの社長令息だと聞いた。バルジーニ家の跡継ぎであるエンツォに相応《ふさわ》しい家柄のお坊ちゃまだとすると……通えるような私立の高校は都内でも限られている。だから、雪緒と彼の恋人が同じ学校でも、それほど不思議ではないのだが……。

「ヤスオミが何よりも大切にしている南条家のお姫様も、そのパーティーには出席しているんだろう？　紹介してもらえるのを楽しみにしているよ」

楽しそうに言ってから、彼はふいに真面目《まじめ》な顔になる。

「しかし、ホテルマンを辞めて日本に帰ってきたのも彼のそばにいて守ってやるためなんだろう？　大事にしたいのはわかるが、そんなふうに迷っていて、その間にほかの男にさらわれてしまったら、どうする気なんだ？」

私はハッとして彼の顔を見返す。

……雪緒が？

……ほかの男に……？

私が身を引けば、雪緒は南条家の跡取りとして幸せな恋愛をして結婚をするだろう。私はそうとばかり考えていた。

……だが……？

「南条家の当主から、ご子息の写真を見せられた。それに、社交界の狼《おおかみ》どもはユキオくんと会える日を舌なめずりして待っているよ。あんな美しくて純情そうな子を一人で社交界に放り込んで、あの飢えた狼どもが放っておくはずがない」

エンツォは警告するようにその美しい菫色の瞳を光らせて、

「目を離した途端、パクリと一口だぞ」

雪緒が誰かに襲われかかっているところが脳裏《のうり》をよぎり、背筋が寒くなる。

「それは痛いほどわかっています。しかし私は南条家に代々仕える一族の人間です。彼を自分のものにすることは一生許されません。そしてそんな彼を間近に見ていることは……」

私の唇から、震えるため息が漏れた。

「……私には拷問です」

「君のような人間を雇えた南条家の当主がうらやましい。……だが、君は使用人である前に一人の男だ。わかっているのか？」

「……え？」

「運命の相手と出会えるのは、一生に一度だよ、ヤスオミ。君が運命に逆らって身を引いたとしても、彼は不幸になるだけかもしれない」

……雪緒が……？

エンツォは二本目のヴィンテージワインのコルクを惜しげもなく開ける。

「君とユキオくんの幸せを願って乾杯しよう」

言いながらワインをグラスに注ぐ。

「これは友人としての忠告だ。……愛しているのなら、主人に対してより自分の気持ちに忠実になれ。相手が奪われたいと望んでいるのなら、迷いを捨てて奪ってやるのも愛だ」

私にはうなずくことはできなかったが、その言葉は心の奥に痛みを伴ってしみた。

ただ一人の主人に仕えるという仕事は、宝石の研磨職人のそれと、ある意味似ているかもしれない。

雪緒は、まだふんわりとした輝きしか放っていなかった無垢《むく》な頃から、大切に手の中に包み込み、私が丹念に磨きをかけてきた……世界でただ一つの原石だ。

しかし、彼は私が想像していた以上の純度を持った、恐ろしいほど高価な宝石だった。

使用人の家に生まれた私は、研磨職人ではあるけれど、宝石の持ち主ではない。

彼は、南条という高貴な家のものであり、いつかは一人の女性のものになる運命にある。

それが解っていながら雪緒の煌《きら》めきに魅せられ、どうしても自分だけのものにしたくなり……

私は恐ろしくなって身を引いた。

「……どちらにしろ、ユキオくんの気持ち次第かな。話を聞く限りでは、彼は君を心底慕《した》っているとしか思えないけれど」

エンツォは私に片目をつぶってみせて、

「ご主人様の望みに従うのがよい使用人なんだろう？　彼が望むことをしてやるのは、裏切りでもなんでもない。使用人としては正しい行為だと思うよ？」

……雪緒の気持ちを、私はきちんと解ろうとしたことがなかったかもしれない……。

私は呆然《ぼうぜん》と思った。

……雪緒は私に何を望んでいるのだろう？

南条雪緒

「おかえりなさいませ」

屋敷の前の車寄せでリムジンを降りたオレは、使用人のみんなのお辞儀に出迎えられて、玄関への階段を駆け上る。

「ただいま、みんなっ！」

「坊ちゃま、お茶のご用意がテラスにできております」

執事の尾野《おの》の言葉に、オレは、

「オレ、テスト勉強があるから部屋に戻る！　後で持ってこさせてくれる？」

「坊ちゃまがお勉強なんてお珍しい」

尾野が、驚いた顔をして言う。

……だって、明後日《あさって》には物理の小テスト！

……だからこれから室岡に勉強を見てもらって、それから頑張っていい点取って……。

オレは思わず微笑《ほほえ》んでしまいながら、

……また室岡の部屋でご飯を食べるんだ！

リムジンの中で、今夜勉強を教えてくれることと、今までの中で一番の点を取ったらまた部屋に呼んでくれることを、約束させた。

室岡は妙に渋ってたけど、オレが、また赤点を取ってやるって脅したら、あきれた顔をしながらもオッケーしてくれた。

……そうと決まったら、一分一秒でも惜しいぞ！

……室岡が驚くくらいの点を取ってやる！

五年前とは別人みたいに意地悪になったと思った室岡が、オレのために何かしてくれる……それが、オレは、めちゃくちゃ嬉しい。

……次のテストも頑張らなくちゃ！

＊

「室岡、遅いっ！」

オレは物理の教科書を放り出して叫ぶ。

リムジンを車庫に入れたらすぐにお部屋にうかがいます、って言った室岡が、二十分も経つのにまだ来ないんだ。

「尾野につかまって長話でもされてる？」

オレは立ち上がり、勉強部屋から出る。自分用のリビングを横切って、廊下に走り出る。

「室岡ぁ！……あ、室岡知らない？」

通りかかったメイドの女の子に聞くけど、彼女は驚いたようにかぶりを振るだけで。

……ったく、どこ行ったんだよ？

オレは階段を駆け下り、一階のリビングとテラスを覗《のぞ》いた。

その途中でオレにお茶を運んでこようとした尾野に会ったから……室岡は尾野と話してるわけでもなく……。

「きっとリムジンのところでグズグズしてるんだ！　もう！」

オレは林を抜け、庭を駆け抜けて、リムジン専用の車庫の見える場所に辿《たど》り着き……、

「……まさか、万年赤点だった雪緒があんなにいい点を取っちゃうなんてねぇ」

聞き覚えのある声、そして自分の名前が出ていることに、思わず立ち止まる。

この甘ったれるような声は……嶺《れい》？

「教師としては嬉しいけど……本当はちょっと残念なんだ。だって室岡との休日デートがふいになっちゃったんだもん」

木の陰から覗くと、車庫の前に立っているのは室岡と……やっぱり嶺だった。

嶺は甘えるような顔で室岡を見上げてる。

……嶺め！　本当に油断もスキもない！

「デートの代わりに……室岡って一人暮らししてるんでしょう？　遊びに行っていい？」

その言葉に、オレは思わず拳を握りしめる。

居心地のいい、室岡の部屋を思い出す。

あの部屋には室岡のコロンの香りが漂っていた。しかも彼の選んだインテリアは渋くて、すごくセンスがよくて。

オレにとっては、室岡の部屋っていうのはそれだけでももう特別な場所で。

……だから！

オレは、思わず室岡を睨《にら》みつける。

……あの部屋に、嶺なんか入れるなよ！

室岡は、嶺を見下ろすようにして、

「ただの粗末な部屋です。おいでになるほどの場所ではありません」

……そうだそうだ！　さっさと断れ！

嶺は一瞬呆然とし、それからエッチな感じに唇を舐《な》める。

「部屋に入れたら我慢がきかなくなりそうで怖いんでしょう？　おまえは義理堅い男だから、主家の人間と関係するのが怖いんだね」

……え……？

嶺は室岡に一歩近づき、いきなり腕を彼の首に巻きつける。

嶺の顔が、室岡の顔に近づいて……、

「……んー……！」

嶺の唇が、室岡の唇にしっかりと重なる。

……嘘……っ！

……室岡が、嶺と、キス……！

それは、失神しそうなほどの衝撃で。

嶺は名残《なごり》惜しそうに室岡から離れ、彼を甘い目で見上げる。

「……キスだけでこんなに感じるなんて」

オレの頭の中は、あまりのショックに真っ白になってしまってる。

オレがショックだったのは、目の前でキスシーンが繰り広げられちゃったってことだけじゃなくて……。

……室岡！　なんで抵抗しないんだよ？

オレは心の中で叫ぶ。
……キスに抵抗しなかったってことは、嶺のことが好きなの……？
全身から血の気が引いていく。
……室岡が……嶺のことを好き……？
頭の中がグルグルする。
なんだかいきなり座り込んでしまいそう。
……ああ、どうしたんだよ、オレ……？
……なんで、こんなにショックなの……？
後ずさったオレの足元で、パキリと小枝が折れた。嶺が、慌てたように振り向く。
「……あ……雪緒……！」
室岡の方は、驚いた様子もなく、真っ直《まっす》ぐにオレを見つめる。
「イケナイ人だ。覗き見をするなんて」
……なんだよ、ちょっとは驚けよ！
……オレみたいなお子様に見られたって関係ないの？
……それともキスシーンを見られてもいいくらい、嶺のことが好きなの？
思ったら、いきなり目の奥がツンと痛む。
室岡の、いつもと同じうっとりするほどハンサムな顔。いつもと同じ無表情。
いつもと同じ、冷徹そうな男っぽい唇。

初めてマスターベーションを教えてくれたあの夜、彼はオレに深いキスをしてくれた。

あの時のオレの身体は、彼の愛撫《あいぶ》に本気で感じてた。でも、オレの心を痺《しび》れさせたのは、それだけじゃなくて。

ずっと大好きだった室岡が、オレにキスをしてくれた……そのことがオレを、気絶しそうなほどに幸せにさせていて。

……だけど、あの唇は……もう……。

「室岡のバカやろーっ！」

オレの口から、勝手に言葉が溢《あふ》れた。

「オレのことなんとも思ってないなら、なんで昔キスなんかしたんだよっ？」

「……坊ちゃま？」

「なんとも思ってないなら、なんで泊まりに行った夜、抱きしめてくれたんだよ？」

室岡が、驚いたように目を見開く。

「嶺が好きなら好きって早く言えよ！　そしたらオレ、こんなにおまえのこと……！」

……ああ、何言っちゃってるの、オレ？

……しかも、オレ、なんでこんなに怒ってるわけ？

……お抱え運転手が誰とキスしようが、関係ないはず！

……それに、あんなイジワル野郎、帰ってきた時から大嫌いだったはずじゃん！

思うけど、なぜだかつらくてつらくて。

「ずっとずっと一緒にいて欲しいなんて思った、オレがバカだったよっ！」

だから、言葉が、止まらなくて。

「おまえなんかもう嫌いだっ！　もう大っ嫌いだからなーっ！」

オレは拳を握りしめて叫び、踵《きびす》を返す。

全速力で走り出したオレの目から、ふいに涙が零《こぼ》れた。

……オレ、なんで泣いてるんだろう？

……大嫌いな室岡が誰かとキスしてるところを見ちゃったからって、こんなに動揺することないじゃないか……！

オレは庭を駆け抜け、すれちがう使用人のみんなに泣いてるのがバレないように目を伏せたまま階段を駆け上り、自分の部屋に飛び込んだ。

嗚咽《おえつ》と息切れで呼吸ができなくなったオレは、ドアに背中をつけて一人で咳《せ》き込む。

「……うっ、ゲホゲホっ！……ああ、なんでこんなに泣いてるんだろ、オレ……？」

呟《つぶや》いた時、窓の外からバイクのエンジン音が近づいてきた。続いて聞き覚えのある声が、

「尾野さん、こんにちは！　雪緒はいる？」

……湊《みなと》の声だ……。

めちゃくちゃ落ち込んでる時に聞こえた彼の声に、オレはなんだかすごくホッとする。

オレは慌てて涙を拭《ぬぐ》い、自分用のリビングを横切って、テラスに出る。下を見下ろし、

「……湊……！」

言うと、湊はオレに手を振り、それからオレの顔を見て不審そうな顔をする。

「雪緒！　今から行く！　ちょっと待ってろ！」

＊

オレと湊は、オレの部屋のリビングにあるソファに並んで腰かけていた。

「目が赤い。鼻も。まさか……泣いてたのか？」

図星を指されてオレは慌ててかぶりを振る。

「風邪気味で鼻かみすぎただけ。用事って？」

湊は、ちょっと心配そうな顔をするけど、しつこく追及はせずに、

「雪緒のお父さんの誕生日パーティー、明日だろ？　オレも行けることになったんだ！　招待状をもらったんだ！」

友達をたくさん呼べるオレの誕生パーティーなんかと違って、父さんの誕生パーティーは政財界の大物なんかも来る正式な晩餐会《ばんさんかい》形式のもの。だから子供に招待状は送られない。

……ってことは？

「誰かと一緒に来るんだね！　誰と？」

「……オレの恋人が招待されてて……一緒に」

恥ずかしそうに言われたその言葉に、オレは度肝を抜かれてしまう。

「恋人っ？　いつの間にっ？」

「夏休みに、オレ、豪華客船に無理やり乗せられてイタリアまで行っただろ？　えぇと、その時に知り合ったというか……」

湊の頬が色っぽく微かに染まってる。

「……えええっ？」

夏休み、湊がイタリアに行ったことは知っている。夏が終わって新学期になった時、湊が垢抜《あかぬ》けて妙に色っぽくなったってみんなは大騒ぎしてたし（たしかにそうなんだ）。きっと好きな人でもできたんだろうな、とは思ってたんだけど、まさかオレにナイショでちゃっかり恋人を作ってたなんて！

あの時には、湊は、そのうちに、って言うばかりで何があったのかをちゃんと教えてはくれなかったんだけど……？

「明日のパーティーで湊の恋人に会えるの？」

「うん。雪緒にちゃんと紹介したいんだ。でもちょっと個性的な人だから驚かないでくれる？」

……個性的な人……？

個性的なドレスに身を包んだ女性を想像する。湊の恋人ならきっとすごい美人だろう。

「高校を卒業したら、オレ、イタリアに留学することに決めた。その人に相応しい男になるためにあっちの大学で頑張りたいんだ」

豪華客船で知り合ったってことはイタリアのすごいお金持ちのお嬢様だろう。独得のセンスを持った……芸術家の卵とか？

「将来は、その人と結婚……みたいな感じになると思うんだよね。約束、したから……」

ちょっと恥ずかしそうに目を潤《うる》ませた湊の顔は、本当にすごく幸せそうで。

「すごい！　湊！　おめでとう！」

オレは思わず湊に抱きつく。

「ありがとう、雪緒ー！」

しなやかな腕できゅっと抱き返されて、ふと室岡の逞《たくま》しい腕の感触を思い出す。

……湊が誰かと恋をしてる間、オレは何をしてたんだろう？

オレの心に、寂しさに似たものがよぎる。

湊がいない夏休み中、オレは勉強もしないで屋敷から逃亡を繰り返し、その度に室岡につかまってはお仕置きされていた。

どこで遊んでても室岡はきっちりとオレを捜し当て、オレはそれが少しだけ嬉しくて。

……でも、室岡は、きっと、オレのことを心配してくれてたんじゃなかった。

……オレの両親と、執事の尾野に頼まれたから、仕方なく捜してただけ。

オレの脳裏に、さっき見た光景が甦《よみがえ》る。

……オレを捜してくれながらも、室岡はきっと、オレじゃなくて嶺のことを考えてた……。

胸が、キュッと激しく痛む。

……ずっと、嶺のこと、考えてたの？

「雪緒？」

湊が不思議そうに言ってオレの身体を離す。

「どうした……あっ！　やっぱり泣いてる！」

「えっ？　泣いてなんか……あ……！」

慌てて手をやると、頬が濡《ぬ》れている。

「どうしたんだよ、おまえが泣くなんて……あ……室岡さんとケンカだろ？」

「……あんなやつ、もう大嫌いで……う……」

言うけど、最後は嗚咽混じりになっちゃって。

「……ううう……バカみたい。なんで、室岡のことだと、オレ、こんなにいちいち……」

「好きだからだよ、雪緒」

湊の言葉に、オレは呆然とする。

「……好き……？　オレが、室岡を……？」

湊は真面目な顔で深くうなずく。

「そうだよ。だから五年前に彼がイタリアに行った時、雪緒はあんなに泣いたんだ」

……そういえば、あの時も、オレ、湊の前でめちゃくちゃ泣いた憶えが……。

「雪緒は、室岡さんに帰ってきてもらいたくて五年間ワガママばっかり言ってた。そして帰ってきた彼にそばにいて欲しくて無理やりリムジンの運転手にした。……そうだろ？」

……室岡に、帰ってきて欲しくて……？

……室岡に、そばにいて欲しくて……？

「……なんで、そんなこと……？」

「なんでわかったか？　そばにいれば雪緒が彼を好きなこと、バレバレだってば」

湊はきっぱりした声で言う。

「素直になりなよ、雪緒。素直になって好きだって言わないと、手遅れになるよ？」

……手遅れ……？

「室岡さん、めちゃくちゃ人気あるじゃないか。どっかの人に取られちゃうよ？」

ふいに、オレの心の中に確信が生まれた。

……湊の言うとおりだ……。

オレは、愕然《がくぜん》としてその考えを反芻《はんすう》する。

……オレ、室岡のことが、好きだ……。

小さい頃、室岡に抱きついては、『大好き』って囁いてた。

だって、まるで兄弟みたいに、僕は室岡が大好きだったから。

だけど、いつの間にか、オレの気持ちはもっと別のものに変化していた。

今のオレの『好き』は、もっと熱くて、痛くて、そして甘い感情。

……オレ、室岡のこと、愛してる……？

それは、ここ数年オレが悶々《もんもん》と苦しんできた、寂しさや、苛立ちや、ドキドキや……そういう感情のすべてを説明できる一つの結論。

……オレ、室岡のこと、愛してるんだ……！

……だけど……室岡は……？

「……ダメだ。もう手遅れになっちゃった。オレが素直になれなかったから」

オレが呟くと、湊は驚いた顔をする。

「……室岡は、もう別の人のものなんだよ」

オレは、寂しさに墜ちていきながら思う。

……そう。室岡は、もう嶺のものなんだ。

室岡泰臣

『ずっとずっと一緒にいて欲しいなんて思った、オレがバカだったよっ！』

『もう大っ嫌いだからなっー！』

駆け出していく雪緒の後ろ姿を呆然と見送りながら、彼の叫んでくれた言葉を、私は心の中で何度も反芻していた。

その言葉は、逆を返せば、『本当はずっと一緒にいて欲しい』、『大好きだ』。

何よりも、私のキスを目撃した雪緒が、あんなに絶望的な顔をしてくれたのが……。

……雪緒も……私のことを……。

私の胸に、不思議なほどの喜びが広がる。

「キスしても全然抵抗しないと思ったら、雪緒が見ていることに気づいてたんだね？」

嶺様が、あきれた声で言う。

「見せつけて相手の反応を見ようってやつ？　ぼくは単なる当て馬なんだ？　あーあ、バカバカしい！」

「嶺様のおかげで、雪緒坊ちゃまの気持ちがはっきりわかりました」

「もう！　おまえってホントひどい男っ！」

「失礼いたしました。感謝します、嶺様」

思わず笑ってしまうと、嶺様は驚いた顔で私を見つめる。

「……おまえが笑った顔なんて初めて見た」

呟いてから、あきれたようにため息をつく。

「ま、昔からおまえと雪緒は、見てて恥ずかしくなるようなラヴラヴだったもんね。雪緒がいつまで経っても素直にならないから、ちょっとはチャンスもあるかと思ったのに」

「……いいえ。結ばれることができようが、できまいが……私には、生涯、雪緒坊ちゃまただ一人しかいないのです」

「ノロケられちゃったよ。憎たらしい」

嶺様は深いため息をついて、

「ワガママ同士だから仲は悪いけど……ぼく、雪緒のこと嫌いじゃないんだよね。おバカでどうしようもないお子様だけど憎めないいんだ」

嶺様は踵を返し、後ろ向きのままひらひらと手を振って、

「とりあえず、雪久《ゆきひさ》伯父《おじ》様を始め親戚一同には秘密にしておいてあげる。雪緒をよろしく」

「ありがとうございます」

私は、嶺様の後ろ姿に深く頭を下げる。

頭を上げた私は、雪緒がいるであろう屋敷の二階の部屋を見上げる。

真っ白な産着に包まれ、屋敷にやってきた雪緒。ミルク色の肌。黒目がちのつぶらな瞳。そしてサクランボのような愛らしい唇。

私は一目見ただけで、彼に心のすべてを奪われてしまった。

後見人である叔父《おじ》に、『この方はおまえが将来お仕えするべきご主人様だよ』と言われ、私は心からうなずいた。

そして、この宝石のように美しい彼を、命をかけて守り、一生仕えると、心に誓った。

「……あなたを私のものにする。そして一生守り抜きます」

私は、自分に言い聞かせるよう呟いた。

「……もう逃がさないよ、雪緒」

父さんが張り切って仕立ててくれたタキシードに身を包んで、オレは数えきれないほどの人たちに挨拶《あいさつ》をさせられた。

今日は、オレの父さん……南条家の当主で南条グループの総帥……の誕生日パーティー。

ゲストはとんでもない大物ばかりで堅苦しいけど、テーブルにはすごいごちそうが並んでる。

本当なら上機嫌になりそうなものだけど……オレの心は沈んだままだ。

あれから、必要な話をする時以外、室岡とは一言も口をきいてない。

……だって、もう、口をきくのさえも本当につらくて。

「……坊ちゃま」

人混みの向こうから、室岡が現れた。

彼のハンサムな顔を見るだけで、オレの心がズキンと痛む。

彼が着ているのはタキシードではなく、この屋敷の使用人が着る制服のダークスーツ。

だけど、逞しい肩とうっとりするような長い脚をしてるから……彼はパーティー会場にいるどんな男よりも格好よく見える。

……そうだよ、こんな極上の男、みんなが放っておくわけがない……。

……室岡がオレだけのものじゃないことが、こんなに寂しいなんて……。

オレは涙をこらえるだけで精いっぱいだ。

「ご紹介したい方がいるのですが」

「……紹介？　誰？」

「こちらへ」

室岡は、オレの肩を抱くようにして人混みを歩き抜け、一人の男の人の前に立ち止まる。

オレは、その人と室岡が並んだ光景に、悲しみも忘れて思わず見とれてしまう。

オレの中では、室岡は世界で一番美しい男なんだけど……彼はその室岡と並んでもひけを取らないくらいのハンサムだった。

艶のある黒髪と、菫色の瞳。ちょっと怖くなるような……ものすごい美形。

「彼は、有名な豪華客船『プリンセス・オブ・ヴェネツィアⅡ』の船長、エンツォ・フランチェスコ・バルジーニ氏です」

室岡が紹介し、その美形はにっこり笑う。

「エンツォ・フランチェスコ・バルジーニです。よろしく」

「南条雪緒です。お会いできて光栄です」

オレは言って彼と握手をする。

「『プリンセス・オブ・ヴェネツィアⅡ』の船長さんなんですか」

それは、海が好きな人なら残らず知ってるであろう、世界で一、二を争う超豪華客船。

「そういえば、オレの友達の倉原《くらはら》湊って子が、この夏に乗ったと言ってました」

……そう。湊が夏に乗ったのはたしかそんな名前の豪華客船。ってことは湊が恋人と出会ったのは、彼の船の上ってことだよね。

エンツォさんは優しく笑って、

「君も、ぜひ遊びにきてください」

「はい、ぜひ。あ……そういえば……」

オレは、室岡と、彼の顔を見比べる。

「室岡が『プリンセス・オブ・ヴェネツィアII』に乗ったことがあるなんて話、聞いたことないですけど。うちの室岡と、いったいどこでお知り合いになったんですか？」

「ヴェネツィアです。ヤスオミが勤めていたホテルで。私は彼の接客ぶりに惚れ込み、私の船のコンシェルジェとして雇おうとしたのですが……あっさり断られてしまいました」

「ええ？　『プリンセス・オブ・ヴェネツィアII』のコンシェルジェの誘いを断るなんて」

船に乗ってたらオレのそばには絶対に戻ってこられなかっただろうけど……でも、あの豪華客船のコンシェルジェ（ホテルマンの中じゃ支配人に続く花形のはず）を断るなんて。

「日本に想い人でもいたのかもしれませんね」

エンツォさんは、その菫色の瞳の奥を楽しそうに煌めかせながら言う。

オレはその言葉に硬直する。

オレは日本から出たことすらないけど、嶺はしょっちゅうフランスだのイタリアだのに買い物旅行に行ってる。

……その時にも、室岡と嶺は会ってた？

オレの脳裏を、室岡と嶺のキスシーンがよぎる。

……そして嶺ともっと一緒にいたくて室岡は日本に帰ってきた？

オレの心臓が、壊れそうに痛む。

「エンツォ！」

その時、後ろから聞き覚えのある声がした。

「デザートもらいに行ったら迷っちゃった！　このパーティールーム、ホントに広いよなあ！」

振り向くと、そこに立っていたのは……、

「……湊！」

デザートのお皿を掲げた湊だった。

湊は長い脚と引き締まった腰をしているから、クリーム色のタキシードがめちゃくちゃ似合ってる。

オレは彼の周りを見渡して、例の『個性的な彼女』を捜す。でも、人混みの中にそれらしき人はどこにもいなくて。

「……湊。例の恋人は？」

湊が、照れたような顔で、エンツォさんをチラリと見上げる。

……あれ？

湊の綺麗《きれい》な顔が、心なしか赤くなってる。

「……湊……もしかして……？」

エンツォさんは笑いながら湊の肩を抱いて、

「ミナトの恋人は私だよ。結婚の約束もしているから……婚約者と言った方がいいかな？」

「わっ！　人前でベタベタするな！」

湊は思いっきり叫んで彼の腕から逃げる。それから幸せそうに頰を染めて、

「これがオレの恋人のエンツォ。ちょっと変わってるけど根はけっこういいヤツだから」

……男で、大富豪で、豪華客船の船長さん。たしかに個性的だ……。

「こんなに素敵な婚約者が見つかってよかったね、湊」

言うけど、オレの声は、沈んでしまって。

湊が心配そうにオレと室岡の顔を見比べる。

「あ、ありがとう。ええと……オレとエンツォはそろそろ失礼するから！」

エンツォさんが、オレに片目をつぶる。

「そちらのお邪魔をしてもいけないからね」

湊は慌てたように彼を肘《ひじ》でつつく。

「あなたは黙っててっ！　それじゃね！」

湊が彼の腕を引っ張って、踵を返す。

そして、エンツォさんと並んでパーティーの人混みの中に紛れていく。

見えなくなる寸前、エンツォさんが、湊に何かを囁くのが見えた。湊は恥ずかしそうに頰を染

め、色っぽい顔で彼を見上げた。エンツォさんは、とても愛おしげな目で湊を見つめ返す。

……湊、幸せそう……。

友達の幸せは、オレも嬉しい。

だけどオレの心の中には、それだけじゃなくてなんだか寂しい気持ちも広がってしまう。

「そろそろお部屋に戻りますか?」

話しかけてくる室岡は、いつものとおりの無表情。エンツォさんと見つめ合っていた湊が……

なんだかうらやましい。

オレはちょっと落ち込んでしまいながら、

「……うん。ちょっと疲れたかも」

言った声は、本当に疲れ切ったよう。

「すぐにおやすみになった方がいいですね」

……そんな優しい声を出さないでよ。

オレはまた泣きそうになってしまう。

……オレ、また誤解しちゃいそうだよ!

室岡泰臣

……こんな雪緒は初めて見た。

あれから、雪緒はまるで魂を抜かれたかのように呆然としたままだ。

その横顔は、今にも泣き出しそうで。

……雪緒の反応を見たくて、黙って嶺様にキスをさせてみたのだが……。

……雪緒がこんなにショックを受けた顔をしてくれるなんて……。

雪緒に悪いことをしたかな、と思いながらも、私の心には喜びが満ちていた。

昔、リムジンの後部シートで奪った、その唇の感触を思い出す。

雪緒の唇は、ふわりとあたたかく、触れれば溶けてしまいそうに柔らかかった。

思い出すだけで、心がズキリと甘く痛む。

……今すぐにキスをしたい。

……もう、以前のように途中でやめてやることなどできない。

……一度キスを奪ったら、私はそのまま、彼のすべてをも奪ってしまうだろう。

私の腕の中で快感に喘《あえ》ぎ、たまらなげに蜜を放った雪緒を思い出す。

……快感を与える行為だけならば、ためらいはしない。

……だが次は、快感だけではすまない。

あの頃よりずっと大人に近づいた雪緒の身体。しかし男のそれとしてはとても華奢《きゃしゃ》で、強く抱きしめただけで壊してしまいそうだ。

……だが。

……もう、逃がさないよ、雪緒。

私は覚悟を決める。

「坊ちゃま。お話があるのですが」

私が言うと、雪緒は我に返ったように身体を震わせる。

「……話？　ええと、オレ……」

なぜかとてもつらそうな顔で、雪緒が何かを言いかけた時、いきなり彼のポケットの携帯電話が呼び出し音を奏でた。

「あ……湊……かな？」

無意識の仕草で携帯電話を取り出し、通話スイッチをオンにする。

「……もしもし……」

言うが、その視線は私に合わせられたまま。

「……え？」

しばらく黙ってから、やっと相手の言うことが理解できたように、聞き返す。

「……ああ、ごめんなさい、竹之内《たけのうち》くん？」

……竹之内？　田中《たなか》さんが勤める屋敷の御曹司、あの小生意気な生徒会長か？

「……え？　父さんのパーティーに来てくれてるんだ？　うん、僕はもちろんいるけど、もう部屋に戻るところだから……え？」

雪緒の目が、驚いたように見開かれる。

「運転手の、田中さんが？」

……田中氏に、何かあったのか？

目で聞くと、雪緒はうなずいてみせて、

「風邪？　大丈夫なの？……ああ、うん。それならよかったけど……え？　帰りの車がない？」

私がうなずくと、雪緒は、

「それなら、僕のリムジンで送る。車寄せで待っててくれる？……すぐ行くから」

通話スイッチを切り、私を見つめる。

「竹之内から電話だったんだ。招待状をもらってた親の代理でこのパーティーに来たらしいんだけど……」

雪緒は気づかわしげに眉を寄せて、

「田中さんが風邪をひいて迎えに来られなくなったって。だから送ってくれないかって。……いいよね？」

「それはもちろんです。……田中氏の容態が心配ですね」

雪緒は珍しく素直にうなずく。

「行こう。車寄せで竹之内が待ってるから」

そして、車寄せのあるエントランスの方向に踵を返す。私に背を向けた彼が、悲しげな深いため息をつくのが聞こえた。

……そんなふうに悩ましげな顔をしたままあの竹之内の前に出るのは、とても危険だ。

私は、彼の後ろについて歩きながら思う。

……雪緒に危険がないように、気をつけておかないと……。

南条雪緒

オレと竹之内は、室岡の運転するリムジンの、後部座席にいた。

竹之内は進行方向を向いたシート、オレは隣に座って手でも握られたらたまらないので、それの向かい合わせのシートに腰かけている。

「田中さんの風邪、具合は？　心配だね」

オレが言うと、竹之内はなんだか忘れ果てていたような声で、

「え？　あ？　うん。……たいしたことはないから心配しなくていいよ」

あっさりと言う。それから妙にねっとりした視線でオレを見つめる。

「いつもはクールに見せているけど、本当は優しいんだね、雪緒姫」

甘ったるい声で言われて、うんざりする。

……室岡に見せつけようとして思わせぶりな態度を取ったりして。オレって本当にお子様だっ

たんだな。

オレはつらいため息をつく。

本当は、とても竹之内を送るような気分じゃなかったんだけど……駐車場で会う度に丁寧に挨拶をしてくれる田中さんは、オレもすごく好きだし。彼のためなら仕方がない。

……さっさと送り届けて、竹之内家の執事さんに田中さんへのお見舞いを言って……すぐに帰ろう。

普段は開けたままにしてある仕切窓を、乗り込んできた竹之内はさりげなく閉めた。

偏光ガラスになっているので、これを閉めるとバックミラー越しに後部シートを見ることはできなくなる。室岡の提案で完全な防音ではないけれど（オレの安全のためだそうだ）、声も運転席にはほとんど聞こえなくなるし。

……まあ、田中さんの具合が心配だろうから、妙なことをされることはないだろう。

オレはそう思って、黙って仕切窓を閉めたままにしてあった。

……それに……。

オレの心が、ズキンと痛む。

……室岡の顔をバックミラー越しに見るのは、本当につらいんだ。

「それより。とてもすごかったね、今夜のパーティーのゲスト。有名な実業家がたくさんいて、名刺をたくさん集めてしまったよ！」

「ふうん……そう」

オレは自失したままで適当に受け流す。

「疲れているの？　今夜はいつにもましてクールな感じだけど」

「……別に何も」

オレは最低限の言葉で答え、ため息をつく。

「そして、今夜はいつにもまして色っぽい」

竹之内が、また懲《こ》りずに甘い声を出す。

「ねえ、雪緒姫。今夜、リムジンに乗せてくれたのは、誘っているってことだよね？」

……なんだよ、それ？

オレは、うんざりしながら思う。

……田中さんのためにリムジンを出しただけだぞ。おまえのためじゃない。

オレはその言葉を本人に言ってやろうとするけど……なんだかもう、どうでもいいような気になってくる。

いつもなら、室岡に見せつけなきゃ、とか思うところだけど、もうその意味もない。

……室岡には、オレがどんなことをしようが、興味なんかないだろうし。

……もしかして、嶺みたいにワルイコトしちゃうのも、悪くないのかもしれない。

……そうしたら、この悲しみも紛れるのかもしれないし。

「……そうかもね」

適当に答えると、竹之内は一瞬息をのむ。

「……雪緒姫……」

うっとりした声で言い、いきなり手を伸ばしてオレの手を握ってくる。

室岡の、サラサラとした心地いい手のひらとは全然違う、汗でベタベタしたようなその感触に、寒気がする。

「……な、何するんだよ」

手を引こうとするけど、竹之内は妙に強い力でオレの手を握り込んで離さない。

「恥ずかしがり屋なんだから。もうそろそろ素直になりなよ。……僕が欲しいんだろ？」

竹之内は、口では大きなことを言うけど、どこかひ弱で警戒するほどの男じゃないって思ってた。だから安心して用事も頼めたし。

だけど、正面から見つめてきたのは、奥に炎が燃えているような、何か思いつめた感じの目。

オレは少し怖くなって、力を入れて手を引こうとする。

「勝手なこと言わないで。離してくれる？」

けど、握り込まれた手は微動だにしなくて。

「ランチを準備したり、ティータイムの席をリザーブしたり。今まで、君のためにいろいろなことをして尽くしてきた。……それは、なんのためだと思う？」

「……え？」

「……君の心と身体を手に入れるためだよ」

竹之内は、思いつめたような声で言う。

「今夜、今まで尽くしてきた分の代償を、しっかりもらわないとね」

室岡は、いつでもオレに心から尽くしてくれてた。イジワルで厳しすぎるところはあるけど、彼はなんの見返りも期待せずに、生まれた時からずっとそばにいてくれた。

だから、尽くされた行為にその代償を払うなんてこと、オレは思ってもみなくて。

「ま……待って、竹之内くん。今夜って、そんな……！」

「ここでもオッケーだろ？　リムジンを持っている金持ちは、秘密の情事はその中ですると決まっているんだよ」

いきなり、オレの手をぐっと強く引く。

走行中の車の中、オレは簡単にバランスを崩して前のめりになる。

そのまま腕を摑《つか》んで引き寄せられ、オレは竹之内が座っていた方のシートに、いきなり押し倒されてしまう。

「……やだ、何するんだよ！」

容赦《ようしゃ》なく身体の上にのしかかられて、オレは本気でアセる。

「……嘘！　ちょっと待って……！」

「もうさんざん待ったよ、雪緒姫。これ以上待たされるのはたくさんだ」

竹之内が、いつもの彼とは別人のような凶暴な声で言って、いきなりオレのタキシードの蝶《ちょう》ネクタイに手をかける。

「……あっ、何……？」

パーティーの前、室岡が丁寧に結んでくれた蝶ネクタイは、完璧に美しい形で。でもタキシードを着慣れてるであろう竹之内は、それを簡単に解いてしまう。

「……ちょ、何するんだよ！」

「セックス。……雪緒姫の屋敷から僕の屋敷までは、だいたい四十分かかる。一発ヤルにはちょうどいい」

いつもの気取った態度が嘘みたいな下卑《げび》た顔で笑われて、オレは本気で震えてしまう。

「なんて下品なこと言うんだ！　そんなことする気はない！」

「今さらなんだよ、雪緒姫。さんざん誘ったじゃないか。今夜、リムジンに乗せてくれたのがその証拠だ。……ヤリたいんだろ？」

「田中さんが風邪をひいたって言うから、彼のために……」

「ああ、あんなの信じるなよ。……嘘だよ」

彼の言葉に、オレは愕然とする。

「田中には、来なくていいって電話をしたんだ。そうでもしないと、君のところの運転手がうるさいじゃないか」

オレは本気で怒ってしまいながら、

「そんな！　言っていい嘘と悪い嘘があるだろ？　オレも室岡も心配して……！」

「もういいだろ、使用人の話なんか。それよりご主人様同士で楽しもうぜ」

言って、竹之内の手がオレのドレスシャツのボタンを外そうとしている。

「……オレに触るなっ！」

抵抗した拍子に、ボタンが弾け飛んだ。

「うわ、その顔、興奮するなあ。まるで強姦してるみたいだ。……綺麗だよ、雪緒姫」

「オレはオッケーしてない！　このままやったら、強姦だ！　犯罪だぞ！」

竹之内は、凶暴な顔で笑う。

「もう我慢できないよ。強姦だろうが、犯罪だろうがどうでもいい。……ほら、おとなしくシャツを脱げよ」

「イヤだ！　脱いでたまるか！」

「運転手に聞こえないかどうか心配してる？　大丈夫。さっき仕切窓を閉めたから、向こう側からは見えないし、声も聞こえないよ」

「……あ……」

「しかも、君のところの運転手、いつも君に冷淡じゃないか。もし聞こえたって助けになんか来ないんじゃない？」

オレの心が、ズキンと強く痛んだ。

……そうだ、室岡は、嶺のもので。オレみたいなお子様に興味はなくて。

……聞こえても、助けになんか来ない？

意識がそれたスキに、竹之内はオレのシャツの襟《えり》を摑み、大きくはだける。

「……うわっ！」

残りのボタンが弾け飛び、オレの胸から腹までが露《あらわ》になってしまう。

「……やっ、何するんだよ！」

「……うわ、なんて美しいんだ。この身体を僕のものにできるなんて……」

「おまえのものになんかならないってば！」

「……ああ、たまらないな。興奮してきた。もう我慢できない」

竹之内の股間が硬くなって、タキシードのスラックスの布地を押し上げているのに気づいて、オレは本気で怯える。

「……ひ……っ」

竹之内は、いきなり自分のスラックスのベルトに手をかけ、ファスナーを開く。

「しゃぶってくれる？　君のその綺麗な唇で」

いやらしい目で見つめられ、屈辱《くつじょく》に身体が震える。

「君のアソコに傷がつかないように、たっぷり濡らさないとね」

「……い……いやだ……」

嫌悪と屈辱と怖さのあまり、オレの目尻から涙が滑り落ちた。

……室岡には聞こえない。もし聞こえても、助けになんか来てくれないかもしれない。

……でも……！

室岡は、生まれた時からそばにいて、オレを守っていてくれた、オレだけの騎士《ナイト》だった。

「……むろおか……」

オレの唇から、彼の名前が漏れた。

「……室岡ぁ！」

「無駄だよ、雪緒姫。聞こえるわけが……」

「室岡、室岡！　助けてぇーっ！」

オレは声を限りに叫んだ。

キュキュキュ！

オレの声を合図にしたかのように、タイヤが鳴り、リムジンがすごい勢いでスピンした。

「うわあっ！」

オレにのしかかっていた竹之内は、ファスナーを開いた情けない状態のまま、床に転げ落ちた。

リムジンが停車し、運転席のドアが開く。後部シートのドアが外から開かれる。

「雪緒坊ちゃま！　無事ですか？」

室岡のすごく心配そうな顔に、オレの目からまた涙が溢れてしまう。

信じられない！　仕切窓が閉められていたから、声はほとんど聞こえなかったはず。なのに、ちゃんと気づいてくれたんだ！

オレのシャツがはだけてしまっているのを見て、室岡が厳しく眉を寄せる。

「……竹之内様。うちの坊ちゃまに大変なことをしてくれましたね」

初めて聞く、きしるような怒りに満ちた声。

「……な、なんだよ。文句があるか？　僕は大富豪、竹之内家の長男で……」

室岡は全然頓着《とんちゃく》していない顔で手を伸ばし、竹之内の腕をぐっと摑む。情けなくひいっと息をのんだ彼を、そのまま容赦なく引きずり出し、乱暴に道路に放り出す。

「あなたをお送りできるのはここまでです」

ここは都内から車で三十分くらいの場所。竹之内家は東京都下のけっこう閑散とした場所にあるみたい。時間が遅いせいもあってか、道路には、一台の車も通っていなかった。

「ど、どういうことっ？」

「悪いことをした坊ちゃまは、お仕置きを受けると決まっています」

室岡は凛々《りり》しく道路に立ち、這《は》いつくばった竹之内を見下ろす。

「後は歩いて家まで帰りなさい」

「ええっ！　こんな暗い道を、一人で？」

竹之内はものすごく怯えた声で、

「僕、夜道を一人で歩いたことなんてないし！　道もわからないし！」

室岡が運転席のドアポケットから小型の地図を取り出して、竹之内の膝元《ひざもと》に放り出す。

「竹之内家のお屋敷から約五キロの場所です。あなたはまだ高校生だ。十八歳なら、それくらい歩いてもなんてことはないでしょう」

「うわ、だけど僕、夜道は怖くて……」

「今夜を境に、もう少し大人になるんですね」

室岡は容赦なく言い捨て、後部シートのドアを外から閉める。すぐに、彼が運転席に乗り込ん

MAP

でくる。

オレは慌ててシートを移り、運転席との仕切ガラスを開く。室岡は、車を発車させながら、バックミラーでオレの顔を見て、

「坊ちゃま。あなたにもお仕置きです。私をこんなに心配させたんですから」

オレの心臓が、トクンと跳ね上がる。

「……オレのこと、心配してくれたの？」

「当たり前でしょう」

室岡が、バックミラー越しにオレを見つめ、

「あなたは、私が生涯をかけて守ると誓った、世界にたった一つの宝石ですから」

「……あ……」

「愛しています。あなたを初めて見た時から」

「……嘘。じゃ、なんで嶺とキスなんか……」

「あなたが覗き見をしているのに、気づいていましたから」

「えっ？」

オレは本気で驚いてしまう。室岡はその端整な顔にすごくイジワルな笑みを浮かべて、

「あなたの気持ちが知りたくて、わざと嶺様がキスするのを拒まなかったんですよ」

「な、なんだよ、それぇっ！」

「あなた以外の人とのキスなどぞっとしませんでしたが……おかげであなたの気持ちを知ること

ができた」

　室岡は、バックミラー越しにオレを見つめ、

「あなたは私を愛している。私とずっと一緒にいたいはず」

　言い当てられて、心が震える。

「私も……同じ気持ちです」

「……室岡……」

　オレは仕切窓から手を伸ばし、室岡の逞しい肩にそっと触れる。

「……バックミラー越しじゃ、イヤだ……」

　囁いた声が、甘くかすれてる。

「……ちゃんと本物のオレを見て、もう一度ちゃんと告白して……」

　バックミラー越しの室岡は、すごくセクシーな目をしていた。彼がうなずいてくれたのを見て、オレの身体がトクンと甘く疼《うず》いた。

＊

　リムジンはそこから三十分くらい走って、ひと気のない山道に停まった。

　運転席から降りた室岡は、後部座席に乗り込んで、内側からドアをロックした。

　その小さな音に、心臓が跳ね上がる。

室岡はオレの隣のシートに座り、真摯《しんし》な顔でオレを見つめた。

「……愛しています、あなたを初めて見た時から」

「……室岡……」

「……あなたが可愛くて、愛しくて。あなたのすべてを奪いたくてたまらなかった。だから私はイタリアに逃げたんです」

見つめてくれる室岡の目は、昔の彼と同じに、すごく優しかった。

「あの時、もしも欲しいって言われたら……」

オレの唇から、かすれた声が漏れた。

「きっとオレは、室岡にならすべてを捧げてもいいって答えたよ？」

「……坊ちゃま」

「オレも愛してる。生まれた時から、ずっと」

「愛しています。あなたが欲しい」

室岡の声は低く、いつもよりもさらに男っぽく……オレの心臓をズキンと痛ませる。

オレは、彼の顔を真っ直ぐに見つめて、

「……愛してる。オレも、おまえが欲しいよ」

室岡はうなずいて、手袋をしたままの指で、オレの頬に触れる。

サラサラした布越しの体温。顎《あご》のラインを辿《たど》られて、オレの身体が痺れてしまう。

だけど、布越しの感触がじれったくて……。

「……室岡……手袋……」

「私に、直接触れて欲しいですか？」

オレは赤くなりながらそっとうなずく。

彼はその指先部分の布を摘《つま》み、優雅な仕草でゆっくりと手袋を脱ぐ。

右、そして左。

手袋の下から現れたその男らしい手から、オレは視線が離せない。

……あの美しい指で、彼はこれからオレに何をするんだろう？

思っただけで、オレの身体に痺れるような甘い電流が駆け抜ける。

電流のあまりの強さにオレは思わず喘ぐ。

「……でも、ちょっと怖いんだ、室岡……」

言った声が、少し震えてしまう。

「怯える必要はありません。怖いことではなく、気持ちのいいことですから」

「……本当？」

「本当です。私の言うことは、いつでも正しいでしょう？」

オレは、深くうなずく。

「両手を、私の背中にまわしてください」

「……あ、だけど……」

「……イヤならば、今日はやめてあげます。どうしますか、坊ちゃま？」

耳元で囁かれて、いつの間にか硬くなっていたオレの屹立《きつりつ》が、ヒクンと震えて、さらに硬さを増してしまう。

「……あ、あぁん……！」

オレは彼の背中に手をまわし、恥ずかしさのあまりその厚い胸に額を押しつける。

「どうしてそんな声を？　もしかして……」

確かめるように脚の間に手を置かれ、あまりの快感に、声も出せずにのけぞってしまう。

「……くう、んっ！」

「……イケナイ人だ。ここを、いつの間にかこんなに硬くしているなんて」

囁きながらゆっくり手を動かされて、オレは息をのむ。

「……ひっ、ああ……ん！」

「……私はあなたの使用人です。あなたのご命令に従います」

彼は、ひそめた、すごくセクシーな声で、

「……何をご命令なさいますか、坊ちゃま？」

「……んんっ……！」

耳たぶに息を吹きかけられただけで、オレの腰が勝手に跳ね上がってしまう。

彼の手に自分から腰を擦《こす》りつけてしまったオレは、快感に耐えかねて喘ぐ。

「……はあ、んん……！」

オレの目に、羞恥《しゅうち》の涙が盛り上がる。

「……室岡……オレ……なんて言えば……」

「……抱いて、と言いなさい」

彼は、オレの耳たぶに唇をつけ、甘い甘い吐息で囁く。

「……抱いて、と言ってくだされば、あなたを生まれて初めての遠い場所まで連れていって差し上げます」

「……ああ、そんな……」

「……言いなさい……抱いて、です……」

何かを祈るような厳粛《げんしゅく》な囁き。

「……室岡……」

見つめてくる、深い深い漆黒《しっこく》の瞳。

窓から射し込む月明かりの下の彼は、本当にうっとりするような美しい男。

オレの身体に、甘くて熱い欲望が走る。

……ああ、欲しい……。

オレの欲望は、彼を求めて、恥ずかしいほどに勃《た》ち上がっていた。

……彼の、すべてが欲しい……。

オレの唇が、勝手に動いて、

「……抱いて……」

甘い甘い、吐息のような囁きを漏らす。

室岡の瞳の中に、獰猛《どうもう》な光が煌めく。

身体がいきなり抱き込まれ、そのままリムジンのシートの上に押し倒される。

覗き込まれるだけで、オレの先端から先走りの蜜が溢れて下着を濡らしてしまう。

「……あ、やっ……」

驚いて起き上がろうとするけど、室岡の大きな手でしっかりと押さえつけられて、それもかなわない。

「……室岡……」

シャツが、待ちきれない、とでもいうように、慌ただしく開かれる。露になったオレの肌に、室岡の唇が触れてくる。

「……あ、やあ……」

キスが繰り返され、そっと舐め上げられる。

オレは彼の上着の布地を摑み、身体をのけぞらせる。

「……あっ、あっ、室岡ぁ……」

オレはたまらなくなって喘ぎ、思わず身をよじらせる。

その拍子に、色づき、尖《とが》りかけた胸の飾りが、まるでねだるように彼の前に突き出されてしまう。

「いやらしい方だ。ここに、触れて欲しいのですか?」

彼は、オレの乳首に、触れるだけのような軽いキスをする。

「……は、あぁ……っ！」

それだけでオレの腰が跳ね上がり、身体にさざ波のような震えが走る。

「はしたないですよ、坊ちゃま。自分からそんなに腰を振ったりして」

「……あ、だって、だって……」

「しかも、軽いキスをしただけで……」

室岡が、尖らせた舌先で、オレの乳首を押し上げるようにしてゆっくりと舐める。

「……ああーっ！」

「乳首をこんなに硬く尖らせてしまうなんて」

室岡の唇が、オレの乳首を包み込む。

彼の口腔《こうこう》のあたたかな唾液が、たっぷりとオレの乳首を濡らしていく。

「……は、やあぁ……ダメ……」

快感の予感に身をよじらせるオレを、逃がすまいとするように、彼の腕が抱きしめる。

室岡の舌が、オレの乳首をなぶり始める。

最初は硬くした舌でチロチロと先をつつく。

「……んんっ！　やあっ！」

それから彼の舌はふわりと柔らかくなり、まるであめ玉を転がすように乳首を包み込んでたっぷりと味わい……。

「……ああーっ！　ダメ、ダメぇっ……！」

乳首から全身に激しい電流が流れ、腰が、彼の舌の動きに合わせてヒクヒクと跳ね上がってしまう。

……ああ、なんて恥ずかしいオレの身体。

……でも、もう、我慢できない……！

「……ああ……もっと……」

オレの唇から、勝手に言葉が溢れてしまう。

室岡は、低くてセクシーな声で、

「わかりました。あなたを、行ったことのない高みに連れていって差し上げます」

*

「……室岡、室岡ぁ……！」

オレのどうしようもなく甘い声、そして湿った淫《みだ》らな音が、リムジンの中に響いている。

「……ダメ、そんなとこ、ダメ……あぁ！」

屹立をひときわ深く含まれて、オレの靴下に包まれた足先が、ピン、と宙に跳ね上がる。

「……感じますか？　雪緒坊ちゃま……」

「……坊ちゃま……て……つけるな……！」

オレが切れ切れに言うと、室岡は笑って、

「わかりました。それなら私のことも名前で」

「……泰臣……」

「……そう。いい子だ、雪緒……」

彼が、初めてオレを呼び捨てにしてくれる。

……どうしてこんなに嬉しいんだろう?

「……イク……泰臣……ダメ……っ!」

オレは、脚の間にある彼の硬い髪に指を埋め、必死で喘ぐ。

「……お願い、離して! オレ、もう……!」

ふと、彼が顔を上げる。オレの屹立が、その淫らな唇からゆっくりと解放される。

最後に、プル、と弾かれるようにされて、オレの屹立が、空気の中で揺れてしまう。

「……あ、ああ……っ!」

空気がひんやりと感じられ、自分の屹立がたっぷりと濡れていることを知る。

「……雪緒」

呼ばれて思わず目を開け……その光景の淫らさに、オレは恥ずかしさのあまり息をのむ。

室岡は、オレの腿《もも》の間に、かしずくようにひざまずいている。

彼の美しい手に、しっかりと押し広げられた、むき出しのオレの両腿。

月明かりの中で彼の唾液に光る、恥ずかしく勃ち上がったオレの屹立。

それはたまらなげに反り返り、彼の愛撫を待ってヒクヒクと切なそうに震えている。

吐息が触れそうなところに室岡の唇があるのを見て、オレの身体に甘い電流が走る。

オレの屹立は、ビクン、と大きく震えて、先端から透き通った蜜をトロリと漏らした。

「……ああんっ……！」

「どうしました？」

室岡の美しい顔は、こんな時なのにまるでお姫様を守る騎士みたいに高貴な無表情。

……ああ、こんな男が、オレの……？

彼の男らしい美しい唇が、まるで血を吸った後の吸血鬼みたいに少し濡れている。

彼の完璧に整った顔との対比が、なんだかすごく淫らで、セクシーで。

……あの美しい唇が、さっきまで……？

彼のとんでもなく巧みな舌遣い、そして甘く濡れた感触を思い出してしまう。

身体にさらに激しい電流が流れて、広げられた内腿がヒクリと痙攣《けいれん》してしまう。

彼の獰猛な視線が、屹立に当てられる。

「……ああっ……見ないで……オレ……！」

「視線だけでそんなに感じてしまうのですか？　本当にいやらしい方だ」

彼は、その漆黒の瞳でオレを見つめて、

「イッていいですよ。ご希望とあらば、すべて受け止め、飲み干し、最後の一滴まで舐め取って差し上げます」

「……やっ……あっ！」

その淫らな言葉に、オレの全身に激しく甘い電流が走った。

放り出されたままのオレの屹立が、ヒクンと跳ね上がり、先端から透き通った蜜を零す。

「……ばかぁ……そんなエッチなこと言われたら、オレ……」

「……言われたら、どうなるんです……？」

ジラすような言葉に、オレの屹立がたまらなげに揺れてしまう。

それはもう、今にも弾けてしまいそうなほどに熟していて。

「……我慢できな……あああっ！」

室岡の美しい指が、オレの屹立を握り込む。

「飲み干すのは、今度にします。今夜はローションの準備がありませんので、指で」

「……え？……あああっ！」

いきなりクチュクチュ、と激しく擦り上げられて、オレの先端から、ドクン！　と白い快楽の蜜が放たれてしまう。

「……ああ、くう、んんっ！」

蜜は、彼の手のひらで受け止められる。

「……あ……ああ……」

快感の余韻《よいん》に震えるオレの脚の間に、ヌルヌルに濡れた彼の手が滑り込んでくる。

「……は、やあ……ん！」

彼の濡れた指は、谷間を往復し、オレの蕾《つぼみ》を見つけだして解《ほぐ》し……。

オレの放った蜜は、ゆっくりと屹立の茎を伝い、脚の間の谷間に流れ込んでいく。

室岡は、その大きな手でオレの腿を持ち上げ、さらに大きく割り広げる。

彼の視線が、脚の間の未知の場所に落ちるのを感じて、恥ずかしさのあまりオレは気絶しそうになる。

「……や、やだ……！」

「なんてはしたない。こんなイケナイところまでトロトロに濡らしてしまっているなんて」

「……イ、イケナイところ？」

「この先にすることがわからないのですか？……それでは教えて差し上げます」

室岡の滑らかな手のひらが、内腿を滑る。オレの脚の間の谷間にそれは滑り込み……。

「……愛し合う男同士は、ここで」

「……ひ、あっ！」

彼の指先がとんでもない場所に押し当てられて、オレは思わず飛び上がる。

「……一つになるんですよ」

もうヌルヌルになっていた蕾に、そのまま指先がクチュッと突き入れられる。

「……く、ああっ！」

「……痛くないでしょう？　こんなに濡れていますから。まるで待っていたようです」

指先をそっと揺らされ、オレは湧《わ》き上がる不思議な快感に涙を流す。

「……あ、んん……や、やだ、抜いて……！」

「それはできません」

「……もう、やだ……やめ、命令だぞ……！」

「そんなご命令は聞けません」

室岡はあっさりとした声で、

「あなたは本気で命令しているわけではありませんから」

「……ええっ？」

「あなたのご命令はむしろ逆のはずだ。……正直に言いなさい」

言いながら指をクチュクチュと揺らされて、オレはもう気が遠くなりそう。

「……も……やぁ……欲しい……」

彼は、イジワルな顔で笑って、

「何が欲しいのか、言ってごらんなさい」

「……おまえが、欲し……」

言葉が終わらないうちに、オレの両脚が高く抱え上げられた。

押し当てられる、熔けかけた鉄のように熱い彼の欲望。

「……ああ……！」

オレの身体が、怖さに硬直する。

「怖くない。息を吐いて、力を抜いて」

……そうだ、彼の言うとおりにすれば、いつだって大丈夫……。

息を吐いたオレの蕾に、彼の屹立が、ゆっくりと押し入ってくる。

「……あ、ああ……っ！」

でも、感じて蕩け、丹念に解されたオレの蕾は、それを我慢強く受け入れて……。

「……ああ……」

深く、きつく、埋め込まれた彼自身。

初めてのオレは、怖さと、痛みの予感に、それだけで呼吸を乱してしまって。

でも、内側で感じる愛する人の欲望に、心はだんだん熱くなって。

「……泰臣……」

夢中で目を閉じていたオレは、ゆっくりと目を開けて、愛しい人の顔を見上げる。

彼の美しい顔には、いつもとは違う、切なげで、そしてとてつもなくセクシーな表情が浮かんでいた。

いつものクールな彼とは別人みたいなその表情に、オレの心がズキリと甘く痛む。

「……愛している、雪緒……」

彼はオレを真っ直ぐに見つめ、低く甘く囁く。そしてゆっくりと抽挿《ちゅうそう》を開始する。

「……あ、ああ……っ！」

クチュ、クチュ、という恥ずかしい音が、リムジンの中にやけに大きく響いてる。

「……ああ……泰臣……！」

「……大丈夫だ、力を抜いて……」

あやすように乳首を愛撫されて、痛みと圧迫感がだんだん快感に変わっていく。

そして、内側、ある一点を刺激された時、オレの身体に信じられない快感が走った。

「……あ、ああっ！　そこ……ダメぇっ！」

「……ん？　ここ？」

オレに快感を覚え込ませるように、室岡がその場所を突き上げてくる。

「……あ、ああっ……ああんっ！」

「……ここがいいんですね？」

……ああ、初めてなのに、こんな……。

オレはもう、気が遠くなりそうなほど感じてしまう。

「……あ、ああ……イイ……！」

快感に痺れたオレの唇から、勝手に恥ずかしい言葉が漏れてしまう。

「……すご……ああん、室岡……っ！」

オレが感じたら、彼はもう容赦しなかった。

オレを抱きしめ、キスを繰り返し、そして深く浅く、オレを味わう。

「……あ、あん……やあ……っ！」

先走りの蜜をふり零す屹立が、彼の美しい手に握り込まれる。

後ろと前とを同時に責められて……オレの身体の中で快感がどんどん膨《ふく》らんでいく。

「……泰臣！　愛してる、泰臣ぃ……！」

オレは快感に泣きながら彼にすがりついた。

「イッちゃう！　イッちゃうよ！」

「イッてください。愛しています、雪緒」

彼の囁きが、オレの我慢の糸を切ってしまう。

「……ああっ！　くう、ん……っ！」

オレの屹立から、白い蜜が激しく放たれた。

「……ああ……室岡ぁ……！」

快感の余韻に耐えきれず、オレは室岡をキュウッと締め上げてしまう。

「愛してる、室岡ぁ……！」

「愛しています、雪緒」

室岡はセクシーな声で囁いて、オレの奥深い場所に燃えるような欲望を激しく撃ち込んだんだ。

初めてキスをしたのは、このシートの上。

オレたちは同じシートの上で固く抱き合い、お互いを感じ合い……そして、信じられないような高みまで何度も一緒に駆け上り……。

*

リムジンの後部座席。

きっちりとダークスーツを着たままの室岡が、まだ呼吸を乱したままのオレをしっかりと抱きしめている。

ずっとずっと抱かれたかった逞しい彼の腕。芳しいコロンの香りに、胸が熱くなる。

「オレ、おまえの恋人になったんだよね？」

「そうです。これからは私のご主人であり、そして最愛の恋人でもある」

彼は囁いて、オレの唇にそっと愛おしげなキスをくれる。

「……ん……っ」

オレは胸を熱くしながらキスを受ける。

「キスを返してください」

「……え？」

驚いて見上げると、室岡の顔に、すごく優しい微笑みが浮かんでいた。

「それぐらいできなくては。あなたは私の恋人なんですよ？」

オレは思わず頬を赤くし……だけど信じられないほどの幸せに包まれながら、彼の唇にキスを返す。

「……ねぇ。一つだけお願いがあるんだ」

「なんでしょう？」

「オレ、もう身も心もオトナになったんだから……お仕置きするのはやめてくれる？」

室岡は驚いたように目を見開き、それからあっさりと首を横に振る。

「そうはいきません。これからは、新しいお仕置きの方法も増えたことですし」

オレの唇に、甘い甘いキスをして、

「……とりあえず、この方法をもう一度です。お仕置きの理由は何にしようかな？」

「こ、このイジワル野郎っ！」

室岡は、その美しい顔に、イジワルで、そして本当にセクシーな笑みを浮かべる。

「はい。一生こうして可愛がって差し上げますよ。……覚悟してください、坊ちゃま」

……ああ、でも、こんなにドキドキしちゃうオレも……ちょっと問題ありだよね……？

END.

働く王子様

倉原《くらはら》湊《みなと》

「雪緒《ゆきお》姫！　ランチはどこで？　カフェの席を取ってあるんだけど……」

「湊先輩！　『松の木亭』でランチをご一緒しませんか？」

「いや、こっちは二人分席を取ってある！　二人とも『ダニエッレ』でピザを！」

午前中の授業が終わった瞬間、オレたちの教室には毎日の大騒ぎが巻き起こる。

同じクラスのやつだけじゃなくて、他のクラスのやつ、さらに下級生までが雪崩《なだ》れ込んできて、教室の中は大混乱になる。

「ちょっと待てっ！　うわっ！」

男子校だから、相手は男ばかり。そいつらにまるで芸能人を見つけた芸能リポーターみたいに突進され、取り囲まれたら……！

「わっ！」

ぎゅうぎゅう押されて、雪緒が机の脚につまづいた。そのまま転びそうになり……。

「雪緒！」

オレは慌てて手を伸ばし、転びかけた雪緒の腕を取って支えてやる。

「いい加減にしろよ、てめーらっ！」

オレが思い切り叫ぶと、大騒ぎしていたやつらがハッと息をのみ、大混乱だった教室の中が、シン、と静かになる。

「雪緒が転んでケガでもしたらどうする気だっ？　それでもおまえら雪緒のファンなのかよ？」

オレは雪緒を腕に抱きしめ、周りの男どもを威嚇《いかく》するために睨《にら》みつける。

「ご、ごめん、雪緒姫」

「大丈夫だった？」

一番前にいた雪緒ファンの野郎どもが、怯えた顔で雪緒を見る。

雪緒はその綺麗な顔に、怒った表情を浮かべてみせる。もともとがすごい美少年だからそんな顔をすると氷のお姫様って感じでかなり怖い。

「僕は、湊とランチにする」

そして、凍り付きそうな冷たい声で言い放つ。

雪緒ファンの野郎どもが、情けない顔でため息をつく。

「雪緒とランチを食べたかったら、おまえら常識身につけてから出直してこいっ！」

オレは言って、片手で雪緒の肩を抱き、もう片方の手で雪緒の弁当箱と自分の弁当箱を掴んで、呆然としている男どもの間をズンズンと歩く。ドアのところで振り返って、

「小暮《こぐれ》！　飯島《いいじま》！　行くぞ！」

叫ぶと、いつもお弁当を一緒に食べている、柔道部の二人が立ち上がる。

彼らはもう引退したけど、柔道部の元主将と副主将。背がでかいだけじゃなくてものすごい迫力だから、いるだけであたりを威嚇する。

彼らはほかの生徒を睨みながら教室をゆっくりと歩き抜けてきて、オレたちに合流する。

「食べてる時にわーわー言われたら、雪緒の消化に悪い！　オレたちを探したりしたら、ただじゃおかないからなっ！」

オレは教室の中に向かって叫んで教室を出る。

廊下にいる生徒たちの視線を浴びながら歩くオレたちの耳に、教室の中からミーハーな声が聞こえてくる。

「きゃあぁっ！　湊先輩、格好いい〜っ！　やっぱり学園のプリンスって感じ〜〜〜っ！」

「やっべ〜！　今日はプリンス・ミナトが雪緒姫の肩を抱いてたぜ！」

「どうしよう、湊姫に睨まれたら、俺、ドキドキした！　今日も来てよかったなっ！」

教室の中から叫ぶ声が聞こえてくる。

「まったく、あいつら、全然わかってないじゃないかっ！」

オレは拳《こぶし》を握りしめる。

「しかも、湊『姫』ってなんだよ！　一回ちゃんと思い知らせないと……っ！」

Uターンしようとする俺を、小暮が困った顔で引き留める。

「湊。戻ったらまた大騒ぎになるだろ？　昼休みが終わらないうちに昼飯にしよう」

その言葉に、オレはがっくりと肩を落とす。飯島が穏和な声で言う。

「まあまあ。外でランチも気持ちがよくっていいだろう？」

オレたちは人でいっぱいの屋上や中庭には行かず、校舎の裏口から外に出る。

園芸部の花壇のある校舎裏の小道を抜け、昼には誰もいない部室棟に近い裏庭に出る。

授業料のめちゃくちゃ高いお坊ちゃん高校であるここは、裏庭とはいえ、隅々まで手入れが行き届いている。

綺麗に刈り込まれた芝生、涼しい木陰を作る大きな楡《にれ》の木。

生徒でいっぱいになる中庭やカフェテラスなんかよりも、こっちの方がずっと落ち着く。

……ここなら、さりげなく雪緒を探しに来る野郎どもにも、見つけられないしな！

オレの名前は倉原湊。十八歳。私立聖北《せいほく》学園という名門お坊ちゃん高校の三年生。

そしてオレが肩を抱いているのは、南条《なんじょう》雪緒。中学の頃からの親友。

南条家っていうものすごい財閥のご子息で、黒髪に黒い瞳、サクランボ色の唇をした、まるでビスクドールみたいに綺麗な子だ。

「しっかし！　だんだんエスカレートしてないか、あの騒ぎ！」

芝生に腰を下ろしたオレは、母さんが作ってくれた焼鮭のおにぎりをほおばりながら言う。

この学校にはリッチなカフェやレストラン、有名なデリカテッセンなんかもあるけど、味がいい分、値段もバカ高い。小遣いが月に八千円のオレには、とてもじゃないけど利用できない。

「しょうがないよ、湊〜」

雪緒が、さっきとは別人みたいな脱力した声で言う。

雪緒の膝の上には、彩りも美しいお弁当。リムジンの運転手であり、秘密の恋人でもある室岡《むろおか》さんが用意したものだ。雪緒が嫌いな野菜もしっかり入れるところが、室岡さんらしい。

「オレだってかなり無理して我慢してるんだから、湊も頑張ろうよ～」

雪緒は深いため息をついて、情けない声で、

「オレなんか、中学校の入学式の日に『氷のお姫様』なんて言われて勝手にキャラ作られちゃって以来、みんなの前で地を出すことすらできないんだよ～？　みんなの前じゃ『僕』だし！」

その言葉に、オレたちは思わず噴き出してしまう。

「だってあの日、雪緒、綺麗な眉間に皺を寄せて、黙りこくってるから」

小暮の言葉に、飯島が可笑《おか》しそうに言う。

「みんな、『あんなに綺麗なんだからきっと冷たくてワガママなんだ』って噂して、ついたあだ名が『氷のお姫様』」

「だけど、実はトイレに行きたいのを我慢して、冷や汗を流してただけだったなんてね～」

オレの言葉に、雪緒が怒った声で、

「だって！　あんな美少年もトイレに行くのかな？　なんて言われてるの聞いちゃって！」

その言葉に、オレたちは必死で笑いをこらえる。雪緒はさらに怒ったように、

「ギラギラした目でずっと追われてて、あいつらの前でチャックなんかおろせなかったんだよ！　だから休み時間に、わざわざ体育館の裏のトイレまで走らなきゃならなかったんだぞっ！」

雪緒の言葉に、オレたちは揃って爆笑する。

雪緒は、その綺麗な顔のせいで、聖北学園の付属中学の頃から『ワガママでクールビューティーのお姫様』とか勝手に噂され、みんなから勝手に崇《あが》められてきた。

雪緒は、否定するのが面倒になったのと、もともとサービス精神が旺盛なせいで……みんなの前ではクールビューティーを演じてあげている。だけどギャラリーの目のないところでは、こんなふうに素直で可愛くて開けっぴろげの小型犬みたいな子だ。

「笑ったなぁっ！　入学式の日から、体育館の裏で昼寝しようとしてたの、誰だよっ？」

雪緒の言葉に、オレはおにぎりを喉に詰まらせる。慌ててお茶で流し込む。

「……あ、あの頃は、第一次反抗期だったんだよ！　だって見るからにお坊ちゃんばっかりで、庶民のオレは完璧に浮いてたし！」

「まあ、浮いてるといえば、俺たちも浮いてたけれどね」

小暮の言葉に、飯島がうんうんとうなずく。

「小学校の頃から柔道やってたせいで、中学の頃から見るからにごつかったしな。華奢《きゃしゃ》なお坊ちゃんばかりのこの学校では、最初から怯えた目で見られてた」

二人の言葉に、雪緒が拳を握りしめて力説する、

「でも二人とも、めちゃくちゃいいヤツだ！　オレと湊が上級生に強引に誘われてるときにちゃんと助けてくれたし！　それに見かけはごついけど料理はすんごく上手だし……いただき！」

雪緒が言って、小暮のお弁当箱から卵焼き、飯島のお弁当箱から鶏の照り焼きを摘《つま》む。

その可愛い顔に似合わない大口を開けて二つを順番にほおばり、満足そうにうなずく。

「美味しい！　室岡のダシ巻き卵も美味しいけど、たまに甘い卵焼きも食べたくなるんだ！」

「雪緒、それ贅沢《ぜいたく》すぎ！　うちなんか、母さんが父さんの会社手伝ってて忙しいから、ここんと

こ、弁当はおにぎりばっかりだぞっ！」

オレが二つ目の高菜のおにぎりをほおばりながら言うと、小暮が、お弁当箱の蓋に海老フライを載せてくれる。

「これ食べなよ、湊。午後に体育あるし」

「じゃあ、俺からは、これ。体育、マラソンかもしれないから体力つけとかないと」

飯島はお弁当箱の蓋に、牛肉の八幡巻きを載せてくれる。

「やった！　海老と肉だ！　ゴージャス！　ありがとう、小暮、飯島〜！」

拝んでからそれを頰《ほお》ばるオレに、雪緒が豪華なランチボックスを差し出して、

「ここからも食べて！　できれば人参のグラッセとほうれん草のおひたしを……」

「ダメ！　室岡さんに怒られちゃう！」

オレは言って、料亭のソレみたいなものすごく綺麗なダシ巻き卵を摘み上げて口に入れる。

「……美味すぎる〜。うちの母さんの卵焼きなんて、ダシなしのしょうゆ味だぜ？」

オレはため息をついて言う。雪緒がクスクス笑って、

「後輩の子たちが『湊先輩のお弁当ってどんなのか教えてください！　海運会社の社長令息だからやっぱりフレンチのデリバリー？　それともおうちのシェフが？』なんて言ってたよ？」

「なんだそれ？　オレの弁当は母さんのおにぎり！　うちは庶民なんだってば！」

たしかに父さんが海運会社を経営してるのは本当だけど、香港《ホンコン》からソウルあたりまで行く小型の客船だとか、大島《おおしま》や八丈島《はちじょうじま》への定期船、一番身近なのは宴会用の屋形船とかを扱ってるごく

地味な会社なんだ。だからオレは、本当に普通の庶民的な高校生の暮らしをしてる。

……それどころか、小遣いの額は、今時の高校生の平均額をはるかに下回ってると思うぞ！

「しかし。こんなに可愛い雪緒はともかくとして、オレまで『姫』をつけられてるのはヤバいよなぁ。オレ、全然可愛くないどころか、どっちかっていうと武闘派なのに！」

オレの言葉に、小暮と飯島がプッと噴き出す。

「武闘派？」

「湊が？」

「なんだよ、なんで笑うんだよっ！」

オレが叫ぶと、ごつい見かけによらず穏和な二人は、ゴメンゴメンと謝ってくれる。

「ともかく！　オレがちゃんとしたオトコだってこと、いつかちゃんと認めさせなきゃっ！」

言ったオレの脳裏に、ある男の顔がよぎる。

……そうだよ、彼にだってお姫様扱いされてる気がするし……！

……ここらへんでエンツォにもちょっとは男らしいとこ見せとかないと、なんだかこの先ずっとお姫様扱いされそうだよな……。

そう。オレの恋人は、現代のプリンスとも言えるようなとんでもない人。

彼の名前は、エンツォ・フランチェスコ・バルジーニ。二十八歳。

モデルみたいな完璧なスタイル、菫色の瞳と黒髪をした、とんでもないハンサム。

しかも世界的な大富豪・バルジーニ家の御曹司で、『プリンセス・オブ・ヴェネツィアⅡ』っていう豪華客船の船長となれば、まさに乙女が夢見る白馬の王子様そのもの。

どうみてもフツーのオレと、どうみても超一流の男である彼が、恋人同士（というより親公認の婚約者）だなんて、今でも正直、信じられないんだけど……。

「あ、その顔……湊、エンツォさんのこと考えてるんでしょう？」

図星を指されて言葉に詰まるオレに、雪緒が楽しそうに笑いかける。

「だって、もうすぐエンツォさんが日本に来るんだもんね！　それで来週の月、火の連休には、ダブル・デートだもんね！」

雪緒の言葉に、オレはますます赤くなる。

そう。偶然だけど、エンツォと、雪緒の恋人になった室岡さんは昔から親交があった。そして今でもけっこう仲のいい友人みたいだ。

この前、エンツォが日本に来た時。雪緒の家でひらかれたパーティーに、オレとエンツォも出席した。その時に初めて、オレは室岡さんと雪緒に、エンツォを恋人だって紹介した。

その後、いろいろと事件があって……室岡さんと雪緒も、恋人同士になることができたんだ。

オレと雪緒は『プリンセス・オブ・ヴェネツィアⅡ』が横浜に来るのを機会に、四人でのダブルデートを計画し、それをエンツォと室岡さんに話して、承諾をもらった。

恋人と二人きりのデートももちろん楽しいんだけど……実は、雪緒はエンツォのことを、そしてオレは室岡さんのことを、あまりよく知らない。

オレと雪緒はこれからもずっと友達だろうし、だからこの先も長い付き合いになるであろうお互いのパートナーのこと、よく知りたかった。……それに。

「父さんと母さんから、ちゃんと旅行の許可、もらえたし」

雪緒もちょっと頬を赤くしながら言う。

「運転手である室岡と二人きりで旅行なんてちょっと変だし、湊と二人じゃ迷子になるんじゃないかって心配されるし、エンツォさんと四人でお泊まりなら、おかしくないもんね！」

……そう。実はただのデートじゃなくて、これは旅行の計画なんだ。

「二人の恋人が男だったことにはかなり驚いたけど、仲良くやっていて微笑ましいな」

小暮が、お弁当を食べながら笑う。飯島がうなずいて、

「恋人ができるってのは、いいことだよな。青春って感じで」

みんなからは『雪緒姫&プリンス・ミナト&そのボディーガード二人』とか勝手に呼ばれてるオレたちだけど、実のところは、妙に馬の合う、ごくごく普通の悪友で。

だから、オレと雪緒は、小暮と飯島にだけは、恋人が男だってカミング・アウトしてる。

肝が据わってるこの二人は、オレたちのカミング・アウトを平静に聞いてくれた。

だからオレと雪緒は、このメンバーでいる時だけは堂々と恋人の話ができるんだ。

「しかし、問題があるんだよね。オレ、先月、室岡が出張だったせいでやる気が出なくて、小テストがさんざんだったんだ。だから、今月、お小遣いゼロなんだよぉ」

「うわ、オレも！　エンツォとデートするのに前借りしたから、今月、小遣い二千円で。しかもジュース代でほとんど消えてるし！」

「ええっ？　湊もっ？」

お弁当を食べていた小暮が、不思議そうに、

「だけど、二人の恋人って揃って社会人じゃないか。旅行代金くらい出してもらえば？」

「それじゃダメなんだ！　旅行代金の全部は無理でも、おみやげ代くらいは出さないと！」

オレが叫ぶと、雪緒も大きくうなずいて、

「そうなんだ！　でないと、またお姫様扱いされるっ！　……だけどどうしていいのか……」

「俺、今月ちょっと余裕あるから、貸してやろうか？」

「えっ？　本当？」

小暮の言葉に目を輝かせる雪緒の頭を、オレはコツンと指先でこづく。

「ダメだろ、雪緒！　そんな甘ったれたこと言ったら！　そんなの全然オトコじゃないだろ？」

「だったら、どうやって……」

「バイトだよ、バイト！　オレ、昨日見つけたんだけど」

オレは、制服のポケットから、新聞の折り込みチラシを取り出す。

「デパートの地下で試食販売、いわゆるマネキンってやつだ。これなら一日で一万円稼げる。働いた金で恋人と旅行に行くって、オトコって感じじゃないか？」

「ええっ？　よくわからないけど、格好いいかも」

俺と雪緒の言葉に、小暮と飯島が驚いた顔をする。

「ちょっと待て。試食販売なら危なくはないとしても……この学校はアルバイト禁止だぞ？」

「学校にバレたらどうする気なんだ？」

オレは、人差し指を立ててみせる。

「大丈夫！　雪緒と、おまえらが秘密にしてくれれば、絶対にバレない！」

「まあ、俺たちが先生にチクることはまずないと思ってくれていいけど～」

小暮がまだ心配そうな声で言う。オレは構わずに雪緒にチラシを広げて見せる。

「エンツォが休暇に入れて、旅行に出発するのは来週の月曜日だろ？　金曜、土曜、日曜とバイトすれば、日給一万円だから、一人三万円づつの稼ぎになる！」

オレが言うと、雪緒は顔をパアッと輝かせて、

「すっごい！　おみやげ代どころか、宿泊費の一部くらい出せちゃいそうじゃない？」

「土日はともかくとして、金曜は休みじゃないだろ？　まさかサボる気じゃ？」

心配そうに言う小暮に、オレは、

「しいっ、声が高い！　初日の金曜日はもちろん学校をサボる。室岡さんの目が心配だけど」

「金曜日、室岡は送り迎えは休み。だって別の仕事を頼みたいって父さんが言ってたもん！」

最近室岡を父親に取られがちの雪緒は、ちょっと膨れながら言う。オレは、

「それならバイクで迎えに行く。一回朝イチで学校に来て、具合が悪くなったことにして早退届を職員室の担任の机に置いて、そのままさっさと逃げればいいよ」

「バレたら大目玉だろうけど、言わなきゃバレるわけがないしね！」

オレたちは言い合い、小暮と飯島に向かって揃って両手を合わせる。

「頼むから、話をあわせといて！」

「オレたちがオトナになるチャンスなんだよ！」

二人は迷うように顔を見合わせ……それから渋々と言った顔でうなずいてくれた。

……よし！　これでもう、エンツォにお姫様なんて言わせないぞっ！

＊

「ああ……『プリンセス・オブ・ヴェネツィアⅡ』だ」

オレは、ライトアップされた船体を見上げながらうっとりとため息をつく。

「いつ見ても、本当に綺麗な船だよな」

そう。『プリンセス・オブ・ヴェネツィアⅡ』は、美しいエンツォが船長を務めるに相応《ふさわ》しい、世界一豪奢《ごうしゃ》で、そして世界一優美な船なんだ。

ここは横浜港。アルバイトを決めてから、三日後の放課後。

エンツォが船長を務める『プリンセス・オブ・ヴェネツィアⅡ』は、横浜港に入港した。

エンツォはあと三日間、船内の用事があるみたい。だけどその後は……。

オレの心が、甘く痛む。

……エンツォに、日本を案内できるなんて、なんだかちょっと夢みたいだ。

「本当にすっごい船だね。湊、こんなのに乗ったことがあるんだ。すごい！」

オレの隣には、雪緒と、そしてリムジンを運転してきてくれた室岡さんがいる。

「湊さま！」

いきなり響いた声に、オレは驚いて振り返る。

「石川《いしかわ》さん！」

そこに立っていたのは、大きなトランクをさげた副船長の石川さんだった。

船に乗っている時には、副船長の制服姿しか見てなかったから……ラフなポロシャツとスラックスという格好の彼はなんだか目新しい。

「お元気でしたか？　日本で会うのは、なんだか不思議な感じがするけど」

オレが言うと、石川さんは楽しそうに笑って、

「たしかにそうですね。いつも湊さまの方が、船長にさらわれてくるという感じで……おや？」

彼が、オレの後ろにいる雪緒、そして雪緒を守るように立っている室岡さんに視線を移す。

「お揃いの制服……ということは、学校のご友人ですか？」

「そうなんです。紹介しますね！　彼が南条雪緒。オレの親友で学校のクラスメイト。雪緒、この人がいつも話してる、副船長の石川さんだよ！」

雪緒は石川さんに向かってぺこりと頭を下げる。

「初めまして！　湊がいつもお世話になってます！」

「いえいえ。こちらこそ、湊さまにはいつもお世話になっておりますよ」

石川さんは優しい声で言って、ずっと年下の雪緒に向かって丁寧に頭を下げている。

「それから、彼が室岡泰臣《やすおみ》さん。雪緒とは家族同然の人で、エンツォの友達でもあるんです」

「なるほど、あなたがミスター・室岡ですか！　船長からお噂はかねがね！」

石川さんが感激したように言って、室岡さんに右手を差し出す。

「船長のご友人でチェス仲間。そして、昔、船長がコンシェルジェとしてスカウトしたことのある方でしょう？　船長は未だにあなたをスタッフにできなかったことを残念がっておりますよ」

「室岡ともうします。……あれは、私のような若輩者にはもったいないお話でした」

室岡さんが礼儀正しく言って、優雅な仕草で石川さんと握手をかわす。

石川さんは室岡さんの端麗な姿に見とれるようにして、それから苦笑する。

「いえ、私も残念です。こんなハンサムなコンシェルジェがいたら、乗客の女性のみなさんがとてもお喜びになったでしょうからねぇ」

その言葉に、雪緒がピクリと頬を引きつらせている。

「おじぃちゃ〜ん！」

オレたちの後ろから聞こえた小さな子供たちの声に、石川さんは驚いたように振り向く。

「ああ、迎えが来ました！」

彼の視線を追って振り返ると、そこには小さな六人の子供たちと、三組の夫婦と、そして石川さんと同じくらいの歳の女性。彼らは写真で何度も見たことのある……。

「奥さんと、娘さんご夫婦と、そしてお孫さんたちですね！」

オレが言うと、石川さんはとても嬉しそうな顔で微笑む。

……ああ、彼も、この休暇を本当に楽しみにしていたんだろうな。

オレたちは石川さんのご家族に挨拶をし、それからクルーに導かれて、『プリンセス・オブ・ヴェネツィアⅡ』の船内に入った。

まるでタイムトリップしたような、贅沢で優雅な船内の様子に、雪緒が感激のため息をつく。

「すっごい……映画の世界に入っちゃったみたい……！」

オレはちょっと誇らしい気持ちになって、歩きながら船内を説明していく。

「船長は、こちらでお待ちです。……どうぞ」

クルーが言って、メインダイニングへのドアを大きく開けてくれる。

「うわあ。すっごい！」

雪緒が、隣で息をのむ。

シャンデリアの光の中に浮かび上がるのは、ここが船の中とは信じられないような、クラシカルで豪奢な内装。

いつもは華やかな晩餐会が開かれる場所に、今はお客さんの姿はない。

たくさんのテーブルの向こう、背の高い一人の男の姿を見つけて、オレの心臓がトクンと甘く疼く。

逞《たくま》しい身体を包む、純白の船長の制服。

彫刻のように完璧に美しい、その横顔。

……エンツォ……。

彼は、真剣な顔でクルーに指示を出していたけれど……オレの視線を感じたように、ふいにこちらを振り返る。

彼の視線が、少しの迷いもなく、オレに真っ直ぐに当てられる。

シャンデリアの光に煌《きら》めくのは、最高級のアメジスト色の瞳。

ストイックに引き締められていた唇の端に、ふいにとても甘くてセクシーな笑みが浮かぶ。

「……あ……」

オレの身体が、それだけで、トクン、と熱を上げる。

エンツォはクルーに、少し休憩にしよう、という意味のことを言う。

スタッフたちは何かを話しながら、厨房《ちゅうぼう》への扉の中に消えていく。

エンツォはゆっくりと振り向き、オレたちの方に向かって歩きだす。

彼の熱い視線は、まるで肉食獣みたいに、オレから一瞬も逸れない。

オレもまた、まるで魅せられた獲物のように、彼から一瞬も目を逸らせない。

エンツォは、長い脚で部屋を横切り、悠然と歩み寄ってくる。

オレたちのすぐそばで歩みを止め、ふいにオレから目を逸らして、雪緒と室岡さんに向かって紳士的に微笑む。

「久しぶりだ、ユキオくん。ヤスオミ」

彼の低い声だけで、オレの鼓動がどんどん速くなる。

「こんにちは、エンツォさん！　お久しぶりです」

「日本へようこそ。噂に違わぬ美しい船ですね」

挨拶をする二人に微笑みを返し、それから彼はゆっくりとオレに視線を合わせる。

「ミナト」

名前を呼ばれたら、オレはそのまま動けなくなる。

彼はふいに手を上げ、オレに向かって伸ばす。

白い手袋に包まれた長い指、うっとりするほど美しい、男っぽい手。

彼の指が、オレの顎をそっと持ち上げる。

「……エンツォ」

手袋の布地越しに彼の体温を感じて、身体がふわりと熱くなる。

「会いたかった、ミナト」

低く囁かれたら、もう、彼のことしか見えなくなる。

「……オレも……会いたかった……」

ふいに、ふわ、と空気が動き、オレの鼻孔を彼の芳しいコロンがくすぐる。

爽やかなトップノートの奥に、獰猛《どうもう》なムスクを隠したその香りに、オレの思考が奪われる。

「……あ……」

その一瞬の隙に、彼の唇がオレの唇をそっと奪った。

「……ん……っ」

オレが呆然としている間に、短い、だけどとても甘いキスは終わっていた。

エンツォは身を起こし、その菫色の瞳に、蕩《とろ》けそうなセクシーな光を浮かべてオレを見下ろしてくる。

「再会の挨拶はこのくらいにしておこう。でないと、仕事を放り出して、すぐにでも休暇に入りたくなってしまうから」

「……エンツォ……」

「……わあ……ラヴラヴだぁ……！」

雪緒のうっとりした呟《つぶや》きに、オレはハッと我に返る。

……うわ、信じられない！　親友の雪緒にキスを見られちゃったんだ、オレ……！

「なっ、何するんだよっ！　雪緒と室岡さんがいるのに！」

照れて彼を押しのけるオレに、エンツォは驚いたように眉をつり上げてみせる。

「一緒に泊まりがけの旅行に行くメンバーだ。最初から隠し事などしないほうが、気兼ねなく旅行が楽しめるだろう？」

「か、隠し事ってねえ……っ！」

「ヤスオミ、ユキオくん」

エンツォは二人の方を振り返り、それから二人に向かって悠然と微笑んでみせる。

「私とミナトはいつでもこんなふうに熱烈なんだ。旅行中、目の前で何が起こっても気にしないでくれ」

「何が起こってもって！　二人の目の前でいったい何をするつもりなんだぁっ！」

「二人きりの時に、いつもしているようなことだよ」

平然と言われ、セクシーな目で見下ろされ、オレは恥ずかしくて気が遠くなりそうだ。

「ミナト、照れなくってもいいってば！」

雪緒が、オレの制服の上着の裾をチョイチョイと引っ張って言う。オレは、

「雪緒！　だけど泊まりがけの旅行なんだぜ？　モラルってものが……」

「ええと……どっちかって言うと、二人にはたくさんイチャついてもらった方が助かるかも」

「へっ？」

「だって、その方が、僕たちも遠慮せずにイチャイチャできるし」

頬を染めて囁かれた言葉に、オレは呆然とする。

……あんなに純情だった雪緒が、こんな色っぽい顔をするようになっちゃったなんて！

思わず室岡さんを見上げてしまうと、彼はその端麗な顔にクールな表情を浮かべたままで、エンツォに向かって言う。

「それでしたら、私たちも遠慮なく。いちおう新婚ですので」

冷静な声で言われた恥ずかしい言葉に、雪緒がカアッと赤くなる。

「もう、室岡ったら……！」

……うわあ、仲がいいことは解ってたけど……。

……想像以上のバカップルみたいだぞ、この二人……。

微笑ましいようなあきれたような気持ちで二人を眺めるオレに、エンツォが言う。

「ミナト。すぐに休暇に入れなくてすまなかった」

エンツォはなんだかすごく真剣な顔で、

「君の学校は土曜日から連休なのに、仕事が残っているせいで月曜日と火曜日しか一緒にいられない」

「あ、ああ……うん。それは少し寂しいけど……」

オレはちょっとだけ本心を漏らしてしまう。

「でも、オレにはオレでやることあるし！　心配しないで仕事に専念して！」

……そうだ、少し寂しいけど、そのおかげで初のアルバイトに挑戦できるんだし！

「月曜日と火曜日の旅行を、楽しみにしてるから！」

エンツォがなんだか感動した顔をし、それからふいに身を屈めてオレの耳に囁きを吹き込む。

「私も楽しみだ。……日にちが短い分、熱烈に愛を確かめ合おう。楽しみにしておいで」

セクシーな声に、オレはいきなり真っ赤になってしまう。

エンツォは身を起こし、二人に向かってにっこりと微笑む。

「とても有意義な旅行になりそうだ」

……うわあ、旅行が、今から思いやられるぞっ！

＊

「アメリカン・チェリーですっ！」

「食べてみてくださいっ！」

オレたちはアメリカン・チェリーの載った紙皿を持ち、道行く人に試食を勧める。

だけど、こんな朝っぱらからチェリーをのんびり食べようなんて人はまずいないって感じで、みんなチラリと見るだけで足早に去って行ってしまう。

「なんで誰も食べてくれないんだよーっ！」

「無料なのに、どうしてー？」

オレたちは言いながら後ろを振り返り、全然減らないチェリーの棚を見上げてため息をつく。

社員通用口を通ってデパートの地下街に入った時には、なんだかオトナの仲間入りをしたみたいでドキドキしたんだけど……。

……ああ～。やっぱり働くって難しいよな～。

オレたちは、まんまと学校を抜け出し、新宿《しんじゅく》の西口、丸急デパートの地下食品街にいた。

派遣社員用の狭い更衣室で、オレたちは学校の制服から綿シャツと無難なスラックスに着替えた。その上にフルーツ柄のあるビニールエプロンを着けて、張り切って食品売場に来た。

派遣会社の担当さんから割り当てられたのは、美味しそうなアメリカン・チェリー。オレと雪緒は、これなら楽勝だって思ったけれど……現実は甘かった。

「まだ一個も売れてないのか？」

意地の悪い声に、オレと雪緒はギクリとして振り返る。

「あんまり売れないようなら、給料から差し引くこともあるよ？」

そこに立っていたのは、マネキンの派遣会社の担当さん二人。たしか名前は、吉田《よしだ》さんと蒲田《かまた》さんだ。歳は二人とも二十代中盤くらい。別の接客業をしていたところを派遣会社に移ってきたばかりってことで、二人ともなんだか妙に派手だ。オレと雪緒は、接客業ってホストじゃないの？　と密かに囁き合ったりしていた。

「給料から差し引くって……」

雪緒が、アメリカン・チェリーの山を見上げて青くなる。

「だって、このアメリカン・チェリー、めちゃくちゃ高くて、一パック五百円もします！」

「差し引きゼロ……どころか赤字にならないように、頑張ってくれよな」

二人は笑って踵《きびす》を返し、別の場所にいる別のマネキンさんと話を始める。

「どうしよう？　赤字になったら……？」

泣きそうになる雪緒に、オレは拳を握りしめてみせる。

「赤字になんかしてたまるかっ！　オレたちがオトコだってとこ、見せるんだろ？」

オレが言うと、雪緒はなんだか泣きそうな顔でうなずく。

……なんとかして、売らなくちゃ！

オレは紙皿を取り上げ、通るお客さんに向かって必死で言う。

「すみません、試食してください！」

通りかかったオジサンは、驚いたようにギクリと身を震わせ、足早に去っていく。

「あの！　美味しいですから！」

次に通りかかった若い女性に言うと、彼女は驚いたようにオレを見て、まんざらでもない顔をしてくれる。だけどオレが持っている皿を見下ろして、いきなり逃げるように行ってしまう。

雪緒は紙皿を持ったまま、逃げるお客さんの後ろ姿を呆然と見送っている。

その姿を見たら、オレの心の中にジワジワと焦りが広がってくる。

……雪緒に学校をサボらせ、しかも校則違反のバイトまでさせてしまったのは、オレなんだ。

……雪緒のためにも、なんとか頑張らないと……！

そう思った時……。

「あら、こんな季節にチェリーなんて珍しいわね。これ、試食していいのかしら？」

後ろから中年の女性ののんびりした声がして、オレたちは慌てて振り向く。

「は、はい、どうぞ！」

オレは急いで試食のチェリーの載った紙皿を持って彼女に駆け寄り、お皿を差し出す。

彼女はチェリーを摘んで一つ食べ、ポケットから出したティッシュに種を包んで捨てる。

「美味しいじゃないの。高いだけのことはあるわねえ」

「ほ、本当ですか？　美味しいですか？」

「あんたたち、美味しいかどうかもわからないで、売ってるの？」

あきれたように言われて、オレと雪緒は顔を見合わせる。

……試食はお客さんにさせるもの、って言われてたから、オレたちはもちろん食べてない。

……高いから売れないよ、って思うばかりで、本当に美味しいかどうかは……。

「それじゃあ、売りようがないでしょうに。でも美味しいし、あんたたちが可愛いから一パック買わせてもらうわ」

「本当ですか？　嘘じゃなくて？」

「嘘ついてどうするのよ？　税込みで……五百円でいいのね？」

彼女はあきれたように笑いながらオレに五百円硬貨を渡してくれる。

オレは手のひらにあるその硬貨を見つめて……なんだか妙に感激してしまう。

「ありがとうございます」

「オ、オレが包む！」

雪緒が言って、よく熟していそうなのをきちんと選んで、慎重な手つきでそれをビニール袋に入れ、彼女に差し出す。

「ありがとうございます。オレたちが、初めて売ったチェリーです」

感動したように言う雪緒に、彼女は可笑しそうに笑って受け取る。

「あら、そうなの？　頑張りなさいよ。……じゃあ、お世話様」

「ありがとうございました！」

「ありがとうございました！」

オレと雪緒は彼女の後ろ姿に向かって大声で言い、頭を下げる。

それから顔を見合わせて、ちょっと泣きそうになる。

「売れたな、雪緒！」

「売れたね、湊！」

オレたちは喜び合い、拳を握りしめる。

「大変だけど、頑張ろう！　これが働くってことだよ、きっと！」

「そうだよね、赤字にしないように、頑張ろうね、湊！」

「それにはなんとか売り上げを伸ばさないと……」

オレたちは言い、それから地下の食品街を見渡してみる。

名物と言われる限定品がいくつかある有名なデパ地下のせいか、朝早い時間にも拘《かかわ》らず、お客さんの数はけっこう多い。少し離れたところにチーズ、その隣が日本茶、その向こうにソーセージ。よく見るとたくさんの試食販売のマネキンさんたちがいた。とても慣れていそうな彼女たちは、ちゃんと大きな声で気さくにお客さんに話しかけ、どんどん試食を勧めている。

買う人も買わない人もいるけれど、お客さんはみんな楽しそうだ。

「お客さん、楽しそうにしてる」

雪緒の言葉に、オレはうなずく。

「気に入った人は買うし、気に入らない人は買わない。それが当たり前なんだ。オレたち、もしかしたら無理やり売ろうとして焦ってたかも？」

オレが言うと、雪緒がハッとしたようにオレを見る。

「無理やりにでも売ってやろうって姿勢が伝わって、お客さんが逃げちゃったのかも？」

「美味しいかどうかも知らなくて、売れるわけがないんだよな。……食べてみ、雪緒」

オレは試食の皿からチェリーを取り、人目がないことを確かめてそっと雪緒の口にそれを押し入れる。

「んっ」

雪緒はそれを慌てて噛み、それから驚いたように目を見開く。

「……美味しいよ。すんごく」

「本当に？」

オレは言って、チェリーを一粒、素早く口に放り込む。

コリッという果肉の歯ごたえ。そして芳しくて甘酸っぱい果汁が、口の中に広がる。

『プリンセス・オブ・ヴェネツィアⅡ』の船上、エンツォと一緒に食べた朝食を、ふいに思い出す。

エンツォがルームサービスで注文してくれる朝食には、いつも甘くて美味しい果物がたくさん添えられている。アメリカン・チェリーなんて食べる機会がなかったけれど、オレはあの船の上で、ものすごく美味しいねって言いながら、初めてアメリカン・チェリーを食べたんだ。

「……あ……」

オレの鼓動が、ふいに速くなる。

チェリーをオレに食べさせてくれた後、エンツォはオレに挨拶のようなキスをした。

『今朝のキスは、チェリーの味がする』と笑った、陽光の下の、彼の眩《まばゆ》い笑顔を思い出す。

「……美味しいよ、これ……」

オレは、胸を熱くしながら呟く。

「……こんな美味しいチェリー、たくさんの人に知ってもらわなきゃ、もったいないよな」

……もしかしたら、この気持ちが、何かを売るということの原点なのかも……？

「そうだよね！　めちゃくちゃ美味しいよね、これ！」

雪緒が嬉しそうに言い、それから何かを探してキョロキョロしている。

「どうした、雪緒？」

オレは言いながら、口の中に残った種をプッと手のひらに出し、茎と一緒にゴミ箱に捨てる。

「ああ、それ〜。それができるのってオトコらしいよね」

雪緒が言いながら、ポケットからティッシュを出してそこに種を出す。

「でも、室岡に怒られるから、できないんだよ。プッて」

「え？」

「オレができないんだから、女の人は、きっとさらにできないよねぇ」

雪緒が言って、種と茎を包んだティッシュをゴミ箱に捨てる。

「チェリーの種を、人前で口から出せないだろうってこと？」

オレは言って、そういえばさっきの女性もティッシュに種を包んでいたことを思い出す。

それに、最初に勧めた若い女性が、チェリーを見てから逃げたことも。

「もしかして、種を出すのを見られるのが嫌で、チェリーの試食ができない人もいるかも。ちょうどティッシュを持ってないとかで」

オレと雪緒は顔を見合わせる。

……もしかして、イケるかも……！

＊

「ありがとうございます！　二パックで千円になります！　ちょうどお預かりします！」

朝は深閑《しんかん》としていたチェリー売場が、いつのまにか人だかりになっている。

「どうぞー。これ、よかったら使ってください！」

雪緒が言って、親切なデパートの店員さんが用意してくれた紙ナプキンを、チェリーと一緒に女性客たちに渡す。

「あら～、助かるわあ！」

「こんな可愛い子たちが売ってくれるし、なかなかサービスがいいわねえ！」

女性たちは楽しそうに言い、チェリーを食べて、美味しい、と言ってくれる。

このサービスを始めてから、いきなり女性のお客さんが試食に殺到した（みんなけっこうティッシュを持ってなかったらしい）。その人だかりに触発されたのか、いつのまにか男性のお客さんまで増えて、売り上げは順調に伸びている。

どうやら赤字にはならなくてすみそうだけど、それ以上に、お客さんの楽しそうな顔がオレたちは嬉しかった。

……働くって、なんだかすごく楽しいかもしれない。

オレは、働いている時の、エンツォの凛々《りり》しい姿をふと思い出す。

……オレ、彼の気持ちが、ほんの少しだけ解るようになったような気がする。

オレは思い、思わず小さく笑ってしまう。

……働いて一日目。もちろん、ほんの少しだけ、だけどね。

「ああ～、湊っ！」

雪緒の声に振り向くと、彼は困った顔で、試食の皿の置いてあったテーブルの上を示す。

「さっき出した分、もう全部配ったのか？　すごいじゃん、雪緒！」

「違う！　試食じゃなくて、強奪されたんだっ！　また狙われてるかもしれないっ！」

「狙われる？　いったい誰に……？」

オレが言った時、視界の隅、陳列棚の影から、何か小さなものが駆け出してくるのが見えた。

「……え？」

小さな影はフロアを駆け抜けて、一気にオレたちのいるテーブルに駆け寄ってくる。

なんだか理解できないで呆然とするうちに、そいつはいきなり小さな手を伸ばして……。

「ああっ！」

彼の手が、紙皿の上のチェリーを鷲摑みにしたのが見えた。

「ええっ？」

信じられないで立ちすくむオレたちの前でそいつは口一杯にチェリーを放り込み、リスみたいに頬を膨らませた顔のままで笑って踵を返す。

「待てこらーっ！　学校一といわれた、オレの俊足をナメるなよっ！」

オレが叫んで彼を追うのを、あたりにいたお客さんたちが笑いながら応援してくれる。

オレは全速で彼を追い、あっさりと摑まえて、肩に担ぎ上げる。

「ったくもう！　お母さんはどうした？」

悪ガキはムグムグとチェリーを食べながら、くぐもった声で、

「洋服見てくるから、ここで遊んでろって」

「なんだそりゃー？」

オレはあきれて言い、彼を床に下ろす。まだモゴモゴしている彼に紙ナプキンを差し出す。

「種、飲むなよ？　ここにペッてして、ゴミ箱に捨てろ」

彼は観念したのか素直に従い、それから接客をしている雪緒をチラリと見上げる。

その頬が微かに赤くなったのを見て、オレは思わず笑ってしまう。

「おまえ、雪緒に一目惚れしたな？　気を引きたくて、あんなことしたんだろ？」

オレが囁くと、彼の悪ガキっぽい顔がますます赤くなる。

「まったく、マセたガキだなあ。まあ、見る目は確かみたいだけど！」

オレはその子の髪の毛をクシャクシャ撫でてやる。

「オレは湊。あの可愛い子は雪緒だ。……おまえの名前はなんだ？」

彼は少し戸惑った顔をしてから、恥ずかしそうな低い声で、

「ヒサシ」

「よし、ヒサシ。イタズラなんてしてないで、あのお兄ちゃんを手伝ってこい！」

オレが紙ナプキンの束を渡してやると、ヒサシは真っ赤な顔でうなずいてそれを受け取り、雪緒のところにそれを持っていく。

お客さんにチェリーを勧めていた雪緒は、ナプキンを一枚とって差し出すヒサシに驚いた顔をし、それから可愛い顔でにっこり笑う。

「ありがと。案外、いい子じゃん」

雪緒の笑顔に、ヒサシはますます真っ赤になり……それからオレたちの手伝いをしっかりこなしてくれた。

「ヒサシ、遅くなってごめんね～！」

少ししてヒサシを迎えに来たのは、まだ若いお母さんだった。両手にデパートの紙袋をいっぱい持っているところを見ると、ちゃっかり買い物を楽しんできたらしい。

「すみませぇん、お仕事の邪魔、しなかったかしら？」

「ヒサシくん、お母さんを待ってる間、手伝ってくれてたんです！　とっても助かりました！」

雪緒が言うと、ヒサシはカアッと頬を染める。オレはお母さんに、

「お母さん、子供を放置しちゃダメですよ！」

「きゃあ、ごめんなさ～い。ヒサシは聞き分けのいい子だから、ついね～」

お母さんの言葉に、ヒサシが小さく舌を出している。

……こいつ、お母さんの前ではいい子にしてるんだな？

「じゃあ、このチェリー、二パックください。ヒサシ、チェリーが大好きだもんね！」

ヒサシはうなずいてから、なんだか切なげな顔で雪緒を見上げる。

それからポケットからオレンジのキャンディーを取り出して、雪緒に差し出す。

「くれるの？」

雪緒が言うと、ヒサシはうなずいてキャンディーを雪緒の手にギュウギュウ握らせる。

それから、お母さんに手を引かれて、後ろを振り返りながら帰っていった。

「もらった」

呆然とキャンディーを見下ろす雪緒を見て、オレはクスリと笑ってしまう。

「あいつ、小さいくせに攻の要素たっぷりじゃなかった？　けっこう渋いし、しっかりプレゼントもしていくし」

オレが言うと、雪緒はクスクス笑って言う。

「室岡にライバル出現かな？　若さではヒサシが上だし」

「室岡さん、本気で戦いそうだな」

オレはヒサシの去っていった方を見ながら、微笑ましい気持ちになる。

……オレたちだけじゃなくて、あいつも、ちょっとだけ、オトナになったかな？

*

夕方近くなって人通りが増えてくると、チェリー売場は大盛況を通り越して、大混乱になっていた。

「ちょっとお待ちください！　……ええと、こちら、お釣り、五百円になります！」

「二つですね！　すみません、並んでください！」

主婦はもちろんのこと、可愛い雪緒が目当てなのか、なぜか営業帰りのサラリーマンらしいオジサンやお兄ちゃんたちまでがチェリー売場を取り囲んでいる。

「あ……握手してもらっていいかな？」

オレがお釣りを渡した浪人生っぽい兄ちゃんが、頬を真っ赤にしながらオレに言う。

「はあ？」

「いや、君、めちゃくちゃ綺麗だし……あっちから見て、ファンになっちゃって」

「はああっ？」

オレはあきれかえり、それから仕方なくその兄ちゃんと握手をしてやった。

……バイトのマネキンであるオレと握手したいなんてなんだか妙な感じだけど、いちおうお客さんだし……？

「お、俺も握手して欲しいんだけど……」

さっきチェリーを売ったばかりのスーツの男が、オレに手を差し出している。

……いったい、なんなんだ、これはっ？

試食販売なのか握手会なのか解らない大混乱の中、チェリーの在庫はどんどん減り……。

「あと、残り一つです！　早いもの勝ち！」

オレが叫ぶと、オレたちを取り囲んでいた中の、中年の女性が奪うようにしてそれを取る。

「私がもらうわ！」

「ありがとうございます！　五百円になります！」

オレは言ってそのチェリーを売り、まだ売場を取り囲んでいる人々に向かって、

「アメリカン・チェリーは完売になりました！　どうもありがとうございました！」

お客さんたちは、ええ〜、と声を上げ、それから残念そうに振り返りながら去っていった。

「やったぜ、雪緒！　完売だ！」

オレが言うと、雪緒は嬉しそうに笑ってくれる。

「やったね、湊！　すごいよ、オレたち！」

オレたちは笑い合い、それから余ったケースや、試食のテーブルを素早く片づける。

時計を見ると、時間はまだ四時半。契約時間より一時間も早く完売してしまった。

「どうしよう？　もう帰っていいのかな？」

オレが見回すと、ちょうど向こうから派遣会社の吉田さんと蒲田さんが足早にやって来るところだった。

「すごいじゃないか。もう完売か？」

吉田さんが驚いたように言う。オレは嬉しくなって、

「はい。おかげさまで！」

「契約時間が終わるまで、あと一時間あるよな？　休憩室でなんかおごってやるよ」

蒲田さんの言葉に、オレと雪緒は顔を見合わせる。

……なんだ、けっこういい人たちなんじゃない？

オレたちは、近くにいるマネキンさんたちに挨拶をし、二人の後について派遣社員用の更衣室に行く。

「先に着替えれば？　汗かいただろう？」

蒲田さんが言ってくれて、オレたちは借りているロッカーを開いてエプロンを取る。

「完売になったのは、俺たちのおかげでもあるよなあ？」

タバコに火をつけた吉田さんが言う。蒲田さんが、

「そうそう。俺たちが最初にプレッシャーかけなきゃ、ああはいかなかったんじゃない？」

「そうですよね」

本当かな？　とちょっと疑問に思いながらも、オレはいちおう言う。

「どうもありがとうございました……」

言いながら振り返り、蒲田さんが、妙にギラつく目で、綿シャツを脱いだ雪緒を見ていることに気付いてギクリとした。

「雪緒くんだっけ？　色、白いよねえ」

蒲田さんの言葉に、雪緒は向こうを向いたままで笑う。

「スポーツやってないから。本当は灼きたいんですけどね！」

「灼いたらもったいないよ。……そんなに色っぽいのにさぁ」

ふいにいやらしくひそめられた蒲田さんの言葉に、雪緒が驚いたように振り返る。

「……え？」

「わあ、乳首がピンクなんだ。たまんねぇよな」

蒲田さんの目が、雪緒の裸の上半身を舐《な》めるように眺めている。

雪緒はギクリと震えて、シャツで胸元を慌てて隠す。

オレは雪緒を背中にかばいながら、無理やり笑ってみせる。

「蒲田さん、冗談はやめましょうよ。いくら可愛くても雪緒は男だし……」

「男でもいい、っていうか、俺たち、男の方が好きなんだよねぇ」

吉田さんが言って、灰皿にタバコを押しつける。笑いながらオレの身体を見回して、

「ちなみに、オレは、君が好み」

言って立ち上がり、更衣室の鍵をかちりと締めてしまう。

「エプロン姿、可愛かったよ。すぐに裸にして襲ってしまいたくなった」

「ああ、オレも、エプロン・フェチなんだよなあ。できれば裸の上に着けて欲しいなぁ」

……うわ、目が危ない！　やばい、本当にシャレにならないかも……！

オレが思った時、吉田さんがいきなり飛びかかってきた。

「わあっ！」

叫んでいる雪緒をかばいながら、オレは部屋の中を慌てて逃げる。

積んであった段ボールがくずれ、置いてあった花瓶が転がって割れる。

オレたちは伸ばされる彼らの手を避け、更衣室をめちゃくちゃにしながら必死で逃げた。

だけど……。

「ほうら、もう逃げられないぞ？」

「いいかげんあきらめておとなしくしろよ」

いやらしい声で言って、二人が手を伸ばしてくる。

……ああ、なんでこんなことに？

オレは雪緒をかばいながら、思わず叫んだ。

「誰か、助けて！」

男の手が、オレの腕を乱暴に掴む。

……ああ、エンツォ……！

彼の名前を心の中で呼んだ時……。

バアン！

激しい音がして、更衣室のドアが蹴破られた。

「……えっ？」

壊れたドアの前に立っていたのは、激しい怒りに頬を引きつらせたエンツォ。

そして、同じように、激しい怒りに満ちた室岡さんだった。

「……その二人から手を離せ」

エンツォの唇から、怒りにかすれた声が漏れた。

「……今すぐに、殺されたくなければ」

ギラリと光る瞳は、めちゃくちゃものすごい迫力で。

いやらしい男二人は息をのみ、それから転げるように退散していく。

オレと雪緒がホッと息をついた時……。

「これは、どういうことだっ！」

エンツォと室岡さんの後ろから、誰かが叫んでいる声が聞こえた。

二人の後ろから姿を現したのは……面接の時に顔を合わせた、派遣会社の社長だった。

「デパートの食品売場を大混乱させたことで、デパートから苦情が入った！　しかも更衣室をこんなにめちゃくちゃにするなんて……っ！」

「待ってください！」

オレは思わず彼に向かって言う。

「更衣室がめちゃくちゃになったのは、おたくの社員のせいでもあります。なんだか変な趣味があるみたいで……オ、オレたちのエプロン姿に興奮したとか言って、襲いかかってきて……！」

「ええっ？　本当にっ？」

呆然とする社長を睨みつけ、オレは、

「訴える気はありません。売場を混乱させてしまったとしたら申し訳ないし、アルバイトはとても勉強になりましたから。……ただ」

オレは雪緒を背中にかばったまま、社長にびしっと手を差し出す。

「今日の分の二人分の給料、それだけはきっちりいただきます」

オレの言葉に社長は呆然とし、それからポケットから出した財布の中から、一万円札を二枚抜いて、オレの手に載せてくれる。

「たしかにいただきました」

オレは脱いでいたエプロンを、社長に渡す。それから彼に向かって頭を下げる。

「お世話になりました。そしてご迷惑をおかけしてすみませんでした。あんな社員のいる会社で働けません。バイトは今日で辞めさせていただきます」

オレの隣で急いでシャツを着た雪緒が、オレに倣《なら》ってエプロンを返し、頭を下げている。

「オレも！　お世話になりました！」

ロッカーから出した荷物を抱え、オレと雪緒は目を丸くしているエンツォと室岡さんをせかして、無事その場を後にしたんだ。

……しかし。

帰りのリムジンの中、エンツォが妙に平静な声で言う。

「私もヤスオミも、今日は仕事が早めに終わった。だから合流して、君とユキオくんを学校まで迎えにいったんだよ」

「……う……」

彼の向かい側に座ったオレと雪緒は、怯えて身を寄せ合っている。

開いた仕切窓の向こう側から、室岡さんが、

「いつもランチをご一緒している小暮さんと飯島さんをつかまえて、問いつめました。彼らは抵抗しましたが、結局はお二人のためということで、あなたたちが学校をサボってアルバイトをしようとしていることを白状してくれました」

「……はうっ」

雪緒が、絶望的な声を上げている。

「さて、悪いお姫様たちには、どんなお仕置きをしたらいいだろうな、ヤスオミ？」

エンツォの言葉に、室岡さんはクールな声のまま、

「うちのお姫様には、まずはお尻叩きですね。その後、朝まで別のお仕置きをすることになりそうですが」

彼の言葉に、雪緒がヒッと息をのむ。

「なるほどね」

エンツォは言って、窓の外を流れる西新宿の夜景に目をやる。

「ああ、南条家のお屋敷に戻る前に、ピーク・ハイアットの前で車を停めてくれないか？　私もうちのお姫様に、朝までお仕置きをしなくてはならないからね」

彼のアメジスト色の瞳が、俺を見つめてセクシーに光った。

……ああ、オトナの男への道は遠い……。

END♡

バルジーニ船長の贅沢なバカンス

エンツォ・フランチェスコ・バルジーニ

「わあ、ここが『日光《にっこう》大江戸ワンダー村』かー！　ねえ、ネコまげ探してよ、室岡《むろおか》！」

雪緒《ゆきお》くんがはしゃぎながら、泰臣《やすおみ》の手を取って先に進んでいく。

「ネコマゲとは？」

私が言うと、湊《みなと》が笑いながら、

「知らないの？　まあ、知らないか！　あれがネコまげ！」

湊が、門の脇にある大きな看板を指さして叫ぶ。

そこには、殿様のような髷《まげ》を結った、大きな茶色の縞猫が描いてあった。金色の着物に派手なオレンジ色の袴という、とんでもなく派手な衣装に身を包んでいる。

「可愛いだろ？　オレ、けっこう好きなんだ、ネコまげ！」

……猫といっても、ごつい身体にオヤジくさい顔。造形としては、あまり可愛いものとはいえないが……。

「ああ……とても可愛いよ」

湊の笑顔に見とれながら私は言い、心の中で付け加える。

……ネコマゲではなく、君がね、湊。

私はエンツォ・フランチェスコ・バルジーニ。

熱愛する恋人とのバカンスを楽しみにしながら自分の船から日本に降り立ったところだ。

そして彼の名前は倉原湊《くらはら》。私が熱愛する運命の恋人だ。

風になびく、サラサラとした艶のある髪。最初に会ったときには不自然に脱色されていたそれは、今ではもとの髪色である綺麗な栗色に戻っている。

金色に陽灼けした肌、どこか高貴な雰囲気を宿して整った美しい顔立ち。

そして、その煌《きら》めく内面を映し出すかのような、澄み切った黒い瞳。

彼の身体を包むのは、あたたかそうな白のセーターとブラックジーンズ。上に羽織《はお》っているのは、彼が以前に小遣いを貯めて買ったらしい、革でできた黒のライダースジャケット。

高校生らしいラフな服装が、彼の優美な身体のラインを強調して……不思議と色っぽい。

……ああ、私の湊は、いつでも見とれるほどに美しい。

湊と雪緒くんが秘密でアルバイトをしてその先で襲われかけるという事件があったが、きついお仕置きもすみ、私たちはなんとか無事にバカンスに入った。

泰臣の運転するリムジンで高速を走り、雪緒くんと湊がずっと来たかったという『日光大江戸ワンダー村』に到着したところだ。

「人形じゃなくて、本物のネコまげが見たーい！」

真っ白いモヘアのセーターにベージュのチノパン、白いウールのコートという、自分が仔猫のような格好をした雪緒くんが、はしゃいだ声で叫ぶ。

泰臣が、今にも駆け出しそうな彼の二の腕を取る。

「走らないでください。どうせ転ぶんですから」

彼はきっちりと上までボタンを留めたスタンドカラーのシャツに、黒いウールのスラックスと上着。その上に質の良さそうなカシミヤの黒いコートを羽織っている。控えめでシンプルな服装だが、彼の硬質な雰囲気と相まって、憎らしくなるほど端正だ。

「なんだよっ、子供扱いしてっ！」

駐車場にリムジンを停め、私たちは大きな門に向かって歩いている。

観光客が多いために静かだとは言えないが、自然がたっぷりと残っている場所にあるアミューズメントパークだ。

針葉樹の香りのするひんやりとした空気は、忙しかった日々の雑事をすべて忘れさせられるほどに、清浄だ。

向こうから、黒い揃いの服に身を包んだ若者たちが百人近い列になって歩いてくる。

「あの黒い服を着た若者たちは？　近くのお寺かどこかへの巡礼？」

私が不思議に思って聞くと、湊がくすくす笑って、

「あの黒い服は学生服。修学旅行生だろ？」

「修学旅行？」

「日本の中学校とか高校には修学旅行ってものがあるんだ。その学年の生徒全員で観光旅行をするからすごい人数なんだよ。日光に来る学生も多い。実はオレたちも中学生の時の修学旅行はこだったんだ！」

湊の言葉に、雪緒くんが振り返って、

「そうなんです！　だけど、聖北学園《せいほく》って、お坊ちゃん学校とか言われてる割には旅行は地味だよね？　中学が日光、高校が京都奈良《きょうとなら》！　しかもホテルはどこもボロイし、京都では泊まったのはなんとお寺だったし！　……まあ、目新しかったけどねえ」

雪緒くんの言葉に、湊が苦笑を含んだ声で言う。

「うちの高校、お金持ちが多すぎて、みんな海外には飽《あ》き飽きしてるんだ。だから逆にオーソドックスに、日光とか、京都とかを選ぶんだよ。オレの場合は庶民だから、修学旅行費が莫大にならなくて助かったクチだけど。でも、南の島には行ってみたかったかなあ」

「学生旅行で行くことはない。南の島なら、私と行けばいいだろう」

私が言うと、湊がその頬をカアッと染める。

「あ、あなたと行くのはまた別だろ？　だって……」

恥ずかしそうに目を潤ませ、言葉を途切れさせるところが、とても色っぽい。

「……エンツォさんと一緒だと、ただの旅行じゃなくてハネムーンだもんね～。きっとエッチばっかりしてるんだ～」

呟《つぶや》かれた雪緒くんの言葉に、湊が驚いた顔をする。

「こら、雪緒！　聞こえてるぞ！　可愛かった雪緒が、そんなエッチなことを言うなんて！」

湊の言葉に、雪緒くんは可笑《おか》しそうに笑って、

「僕が悪いんじゃなくて、室岡が悪いんだもーん！」

「はい？　私が何か？」

駐車場でもらったパンフレットを広げていた泰臣が、ふと顔を上げる。

「僕をこんなふうにエッチにしたのは、室岡なんだよって言ったの！」

雪緒くんの言葉に、泰臣の彫刻のように完璧にハンサムな顔に、照れたような動揺が走る。

だが彼はそれをほんの一瞬で見事に消し去り、眉をつり上げて雪緒くんを見下ろす。

「人前でそのようなことを。坊ちゃまを、そういうふうに育てた覚えはありませんよ」

「うっ！」

睨《にら》まれて息をのむ雪緒くんの耳に、泰臣はゆっくりと口を近づける。

「……そんな下品な方には、あとでたっぷりとお仕置きですよ」

「ひっ！」

「覚悟しておきなさい」

泰臣は照れ隠しなのか、とても意地悪い声で言い、それから入場券売場を指さす。

「入場チケットは、私がまとめて買ってきます。少しお待ちください」

雪緒くんが両手を腰に当て、得意げな声で言う。

「言っとくけど、ワリカンだからね！　子供じゃないんだから！」

「わかりました」

泰臣が苦笑を浮かべながら言い、入場券売場の方に向かって歩いていく。

「ワリカンって日本語、わかる？」

悪戯《いたずら》っぽい顔で見上げてくる湊に、私は少し考える。

「いや、聞いたことがない。ピーチの缶詰……モモカンと何か関係がある？」

私が言うと、湊が楽しそうにクスクスと笑う。

「残念ながらモモカンとは関係ないよ。……まあ、大富豪のあなたがワリカンなんて言葉を知ってるわけないか。誰かのおごりにせずに、勘定を人数で割ることだよ」

「しかしチケット代は一人三千五百円と書いてある。君もユキオくんもアルバイト代の一万円しか所持金がないんだろう？　きつい金額なのでは？」

「たしかにイタいけど……」

湊は苦笑しながら言う。

「できるだけあなたの世話にはなりたくない。そのためのバイトだったんだしね」

『世話になりたくない』という言葉が、チクリと私の胸を刺す。

……彼にとって、私はまだ、遠慮をしなくてはならないような存在なのだろうか？

……私は、もう彼のことを一生の伴侶として、家族の一員として、考えている。

……だが、彼にとって、私はまだ……？

倉原湊

「さっきのショーもけっこう面白かったね」

オレは、雪緒と並んで歩きながら言う。

小さなアミューズメントパークだろうとしか思っていなかったんだけど、園内には綺麗な日本庭園や、時代劇の撮影に使われる本格的なオープンセットがあった。

江戸の町を再現した通りを歩いていると、いたるところで忍者や時代劇のショーが始まり、けっこう見応えがあった。

アトラクションが目当ての若者、もしくは江戸風物が目当てのお年寄りが多い中、背が高くてめちゃくちゃハンサムなエンツォと室岡さんは、どこに行っても目立っていた。

エンツォは、黒いタートルネックのセーターに、黒のウールのスラックス。そしていかにも上等そうな革のロングコートを羽織っている。

女の子の集団が、彼はモデル？　それとも俳優で何かの撮影？　なんて囁き合って振り返るのもうなずけるくらい……エンツォは見とれるほどに格好いい。

オレのエンツォが、女の子たちの熱烈な憧れの視線にさらされてるのを見るのは、なんだかちょっと悔しい。

でも、エンツォは、女の子たちの視線に応えることなんか一度もなかった。

彼がことあるごとに送ってくれる視線はオレだけに向けられていて、それは蕩《とろ》けそうに甘くて……『私には湊だけだよ』ってずっと囁かれてるみたいだった。

パンフレットを見ていたエンツォが、オレの視線を感じたようにふと目を上げる。

……ほら、今も……。

美しい菫色の瞳がオレを真直ぐに見つめる。瞳の奥に浮かぶ愛おしげな光に、鼓動が速くなる。

この美しくて高貴な男は、実はぜ～んぶがオレだけのもの。彼がいろいろな顔を見せてくれるのは、オレだけになんだぞって思ったら……恥ずかしくて、そしてなんだか不思議なほどに嬉しくて、ちょっとだけ身体まで熱くなってしまった。

「ねぇ、まだネコまげを見つけてないよ。あれを見つけないと帰れないってば！」

雪緒が、きょろきょろとあたりを見回しながら言う。それから声をひそめて、

「……だって、ネコまげに抱きつくのが、ここに来た本当の目的でもあるわけじゃない？」

実は。この『日光大江戸ワンダー村』には、若者の間で大流行しているある噂がある。

それは、ここのメインキャラクターであるネコまげを見つけ、好きな相手の名前を呼びながら抱きつき、ネコまげが鳴いたら、その人と結ばれて永遠に一緒にいられる……ってやつ。

若者向けのバラエティー番組から火がついた噂らしいから信憑《しんぴょう》性は疑わしいんだけど、高校生たちはけっこう本気で信じていて。

そのせいか、園内には女の子のグループがめちゃくちゃに多い。

妹の渚《なぎさ》の友達も、二週間ほど前にわざわざこの『日光大江戸ワンダー村』まで来たらしい。そしてネコまげを見つけて、憧れの先輩の名前を呼びながら抱きついてネコまげを鳴かせ……そしてなんと次の日にその先輩から告白をされてしまったらしい。

その話をしたら、雪緒が目をきらきらさせて『僕も日光大江戸ワンダー村に行きたい！』とか言い出して。

オレは『女の子じゃないんだからそんな噂を真に受けるなよ～』とか言いながらも、ちょっとだけ心が動いてしまった。

……まあ、その時には、金欠のオレと雪緒が本当にこんなところまで来られるなんて思ってもいなかったんだけど……。

一泊で行ける観光地として室岡さんが提案してくれたのが、日光と、そこからほど近い鬼怒川《きぬがわ》温泉だった時……オレと雪緒は思わず顔を見合わせてしまった。

そして室岡さんに『その近くで行きたいスポットはありますか？』と聞かれた時、オレと雪緒は思わず声を合わせて『日光大江戸ワンダー村！』と叫んじゃったんだ。

「しかし、ネコまげ、なかなかいないよなあ」

オレも、あたりをキョロキョロ見回しながら言う。

「恋の成就を願う女の子たちに抱きつかれすぎて、疲れて休んでるのかも。それに、最近じゃイジワルして逃げるらしいし……あっ！」

オレは角の向こうに、チラリと茶色い影が横切ったのに気づいて、声を上げる。

「いたっ！　ネコまげだぞっ！　あそこ！」

「本当だっ！　逃がすなーっ！」

雪緒が叫んでいきなり走り出す。オレは目を丸くしているエンツォと室岡さんを振り返り、

「ちょっと待ってて！　すぐすむからっ！」

言い残して、全速で走り出す。雪緒の肩を抱くようにしてそのまま走り、角を曲がる。

そこには、茶色の縞の身体にちょんまげ、それに殿様の格好の……ネコまげの姿があった。

園内のはずれのせいか、あたりに人影はなく、ネコまげは油断してのんびり歩いている。

「先に行け、雪緒っ！」

「行ってくるっ！」

雪緒は走り出し、歩いているネコまげの背中にいきなり後ろから飛びついた。

「室岡ーっ！」

「うわっ！」

ネコまげはかなり驚いたらしい。にゃあ、と鳴くのを忘れて太い男の声で叫ぶ。

「成功したよ、湊！　早くぅ！」

雪緒が、ネコまげの首にぶら下がったままで叫ぶ。

「行くぞっ！　エンツォっ！」

オレは全速で走り、ネコまげに勢いよく抱きついた。

「うぐっ！」

かなり逞《たくま》しい体格のネコまげは、一瞬だけよろけ、それからなんとか体勢を立て直す。

そしてオレと雪緒を背中に背負ったままで低い声で鳴いた。

「に、にゃあ～」

「わ～い、鳴いた、鳴いた！」

「よし、名前も呼べたし、これでオッケー……！」

「何がオッケーなのですか？」

後ろから室岡さんの低い声がして、ネコまげに抱きついていた雪緒の身体が、ベリッという感じで引き剝《は》がされる。

「私たちの目の前でほかの男に抱きつくなんて、いったいどういうつもりだ？」

続いて、後ろからエンツォの声。オレの身体が、抱きしめられるようにして、ネコまげから剝がされる。

「……行け」

呆然と立ちすくむネコまげに、室岡さんとエンツォの凍り付きそうな鋭い視線が当てられる。

二人の怒りに満ちた低い声がハモる。ネコまげは怯えたように後ずさり、慌てて踵《きびす》を返して転びそうになりながら走り去った。

「ああっ、せっかくのネコまげがぁっ！」

雪緒が残念そうに叫ぶ。オレもなんだか名残《なごり》惜しい気持ちで手を振る。

「さようなら、ネコまげ～！」

ネコまげは一瞬だけ振り返って手を振ってくれるけど、エンツォと室岡さんに睨まれて、慌てて逃げ去った。

「さて。ショーもいろいろと見たことだし、そろそろ別行動にしようか。ミナトにお仕置きをしなくてはいけない」

エンツォがオレを抱きしめたまま低い声で言う。室岡さんが雪緒を腕に抱いたまま、無表情にうなずく。

「そうですね。私も悪いお坊ちゃまに、お仕置きをしなくてはいけません」

「ええっ？　何それ？」

「なんでお仕置きなんだよ？　オレたち、ネコまげに抱きついただけで……！」

「あれは着ぐるみです。中にはごつい男が入っているのですよ？」

オレと雪緒の反論を、室岡さんが厳しい顔で遮る。

「ショーの間中、出演している俳優たちが、お二人に注目して頬を染めていました。さらにほかの男まで挑発してどうします？」

「挑発ってねえ～！」

怒る雪緒の顎を、室岡さんの革手袋に包まれた指先がふいに持ち上げる。

「あなたは見とれるほど可愛らしくて、そしてとても色っぽい。私をこんなに嫉妬《しっと》させて、その後どうなるかおわかりなのですか？」

雪緒を見つめる、室岡さんの厳しい目。だけどその視線の奥に、蕩けそうな甘さを含んだセクシーな光が一瞬だけよぎる。

「……あっ……室岡……」

雪緒はそれだけで腰砕け状態になり、トロンとした顔で彼の肩にもたれかかってしまう。

「しっかりしろ、雪緒！　セクシー光線にやられてどうするっ！　お仕置きされるぞ！」

オレは言うけど、雪緒は頬を染めて、

「……お仕置き……されてもいいかも……」

……ああ、もうダメダメ状態になってる……。

「では、二時間後に駐車場で落ち合おう」

エンツォの言葉に、室岡さんはうなずく。

「では、二時間後に」

恥ずかしげに頬を染めた雪緒と、彼の肩をしっかりと腕に抱いた凛々しい室岡さんは、なんだか、お姫様と、それを守る騎士《ナイト》みたいに見えた。

……なんだか、本当にお似合いだよね、この二人。

オレは寄りそうようにして去る二人の後ろ姿を微笑ましい気分で見送り……それから視線を感じてハッと振り返る。

そこには、まだちょっと怒った顔でエンツォが立っていた。

「……う……あれは男じゃなくて、ネコまげで……」

オレは言うけど、エンツォは黙ったままでキュッと眉をつり上げてみせる。

「なんだよ、やきもち妬《や》き！　ちょっとくらい、いいじゃんか！」

オレが言うと、エンツォはその菫色の瞳を厳しく光らせて、

「この間も、そうやって危ない目にあったことを忘れたのか？」

「うっ」

「船の中でさえ、君はいろいろな男の視線を釘付けにしている。そんな君をこの陸の上に置いていくのは、なんだかとても心配だ。このままさらって、『プリンセス・オブ・ヴェネツィアⅡ』の客室にずっと閉じこめておきたい」

「なんだよ、それっ！」

彼の過保護な発言が、オレの神経を逆なでする。

……また、オレをお姫様扱いしてっ！

「まだまだガキかもしれないけど、オレだってちゃんとした男で、だから……っ」

「エンツォ！　ミナトくん！」

いきなり響いた英語の声に、オレは驚いて言葉を途切れさせる。

「えっ？」

オレはエンツォの身体の脇から向こうを見て、そこに、よく知っている顔を見つける。

「……嘘……すっごい偶然……！」

不審そうな顔で眉を寄せるエンツォに、オレは後ろを示してみせる。

「エンツォ！　『プリンセス・オブ・ヴェネツィアⅡ』の常連さんだよ！」

「やあやあ、偶然だねえ！」

「こんなところで会えるとはね！」

やってきたのは、やっぱり、オレが何度も会ったことのある、『プリンセス・オブ・ヴェネツイアⅡ』の常連客だった。

常連っていうだけでなく、船に乗っている時にはなにかと話しかけてくれる人たちだから、間違いはない。

「ソプラーニさん、ジャコモさん、それにヴェルディさん！」

オレが言うと、エンツォはなぜかとてもうんざりした顔で小さくため息をつく。

「オプショナル・ツアーを断って足を伸ばしてみてよかったよ！」

そう言ったのは、白いスーツに白いコート、白髪に白い髭の男性。有名な貿易会社の社長のソプラーニさんだ。

「こんなところでエンツォと、それに麗しのミナトくんに会えるなんてねえ！」

白髪混じりの黒い髪と髭、黒いスーツに黒のコートを着た恰幅《かっぷく》のいい男性。大きなレストランチェーンのオーナーのジャコモさん。

「いやあ、本当に素晴らしい偶然だよ！」

プラチナブロンドに青い目、グリーンがかったスーツにシャツの襟元にはスカーフ、そしていかにもデザイナーものらしい明るい茶色のコートを着たのが、ヴェルディさん。有名なデザイナーズブランドのオーナーだったはず。

そして。三人の経歴はそれだけじゃなくて。

三人とも歳は六十歳前後、出身はヴェネツィア。そしてなんと、エンツォのお父さんのセルジオさんの幼なじみで、エンツォを子供時代から知っているというメンバーなんだ。

エンツォはまだなんだか不機嫌な顔で眉を顰《ひそ》めていたけれど、オレがつつくと渋々と言った顔で振り返り、三人に向かって挨拶をする。

「こんにちは、こんなところで偶然ですね」

棒読みっぽく言われたエンツォの言葉に、三人の男性は楽しそうに笑う。

「ははは、ああ、本当に素晴らしい偶然だ！」

「ははは、空気は美味だし、ショーは楽しいし、キャラクターは面白いし、言うことなしだ！」

「ははは、それに二人にも会えたしね！」

三人の楽しそうな様子に、オレはなんだかすごくホッとする。

「日本の旅を楽しんでいただけているようで、何よりです」

……だって、故郷である日本のこと、やっぱり海外の人にも好きになって欲しいし。

「ここまで何でいらしたんですか？　オプショナル・ツアーでなければ、電車を乗り継いで？大変だったでしょう？」

オレが言うと、三人の男性は急に不安そうな顔になる。

「いや～、それが本当に大変だったんだよ」

「そうそう、電車の乗り方もわからなかったしねぇ」

『プリンセス・オブ・ヴェネツィアⅡ』が停泊している横浜からここまでは、新幹線で一本とか言うわけにはいかない。乗り継ぎながら電車で来るのは、日本人のオレですら迷いそうだ。

「しかも、年寄りだから不安だしねぇ」

「日本語も、よくわからないし」

三人とも見かけは若々しいし、今の時代じゃ六十代なんてお年寄りの中に入らないだろうけど……言葉の解らない海外では不安も大きいんだと思う。

「それは大変でしたね！　今夜の宿は、もう予約してあるんですか？」

「いや、それはなんとか大丈夫なんだが……」

ジャコモさんが、オレとエンツォの顔を見比べながら言う。

「もし、お邪魔でなければ、この園内を案内してくれないだろうか？」

「それはもう、喜んで！」

オレが言うと、エンツォがヒクリと頬を引きつらせた。

……なんだよ、その反応？

エンツォにとっては、お父さんの幼なじみなんて、うるさい親戚のオジサンのようなものなんだろう。船の中でもこの三人のことを避けてたし。

オレの心の中に、怒りが湧き上がってくる。

……だけど、困ってる人たちを助けないなんて、紳士として失格だぞ！

「オレたちがご案内します！　まだお疲れではないですか？」

オレが言うと、三人はなんだかすごく嬉しそうににっこり笑ってくれる。

「君は、本当にいい子だなぁ」

「そうそう、船にいるときから、そう思ってはいたけれどねぇ」

オレはその言葉にすごく照れてしまう。

……エンツォと親戚も同然の彼らにそう言われると、なんだかすごく嬉しいかも。

「エンツォが、君を選んだ理由がよくわかるよ」

「えっ？」

オレは、その言葉に、驚いてしまう。

……選んだ？　彼らは、エンツォとオレが恋人同士だってことまで知っているとか？

……いや、いくらセルジオさんの幼なじみでも、まさかそこまでは……。

思わず硬直するオレを、三人が取り囲み、楽しそうに言う。

「君は、エンツォのとても親しい友人なんだろう？」

「え？　あ、は、はい！　歳は違うんですけど、なんとなく気が合って……友人に……」

オレがしどろもどろになりながらごまかすのを、エンツォは黙ったままで見下ろしている。

……なんだよ、ちょっとはフォローしてくれたっていいじゃないかっ！

エンツォが怒ったように目を逸らしたのを見て、オレの頭に血が上る。

……デートの邪魔されたくらいで拗《す》ねちゃって！

……いつもはオトナのくせに、こんな時だけ子供みたいなんだから！

エンツォ・フランチェスコ・バルジーニ

あの三人に、茶店だ、ショーだ、とさんざん連れ回された後。

ここは、出口付近の土産物屋。

二人きりのデートをのんびり楽しむはずが、すっかり三人に邪魔されてしまった。泰臣たちとの待ち合わせ時間まで、あと十分しかない。

「これが、日光名物の梅饅頭《まんじゅう》です。ティータイムに日本茶と一緒に食べると、とても美味しいと思います。あんこは召し上がったことはありますか？」

湊はとても親切に、土産物を彼らに説明してやっている。

「セルジオは日本びいきのうえに、けっこう甘いものが好きでね。バルジーニの屋敷で、シェフに再現させた饅頭を食べたことがある。とても美味しかったなぁ」

ソプラーニ氏が、私の方を意地の悪い横目で見ながら言う。

「そういえば、エンツォは小さい頃から趣味が渋くてね、甘い饅頭よりも日本茶に興味を示していたなぁ」

「そうなんですか？」

「ああ、言うこともいちいち理屈っぽくてね。日本で食べたことのある饅頭の方が甘さが控えめだったとかなんとか、憎らしいことを言って」

ジャコモ氏が、意地悪くクスクス笑う。

「わあ、たしかにちょっと憎らしいかも」

「昔からとんでもない食通でね、パーティーなどで安いキャビアを出されると、大人は喜んでいてもきっちり残した。まあ、そのおかげで今の『プリンセス・オブ・ヴェネツィアⅡ』のメインダイニングは最高の味を保っているともいえるんだが」

ヴェルディ氏が馴れ馴れしく湊の肩を抱き、私の方を伺うようにチラリと見る。

……楽しんでいるな、三人とも……！

私はため息をつき、行き先を感づかれた自分の不注意を呪う。

純粋な湊は、『日本のことが解らない』だの『年寄りだから不安だ』だのいう言葉を素直に信じてしまったが、普段から世界を股にかけてバリバリ仕事をしている彼らが、そんなことを思っているわけがない。

彼らは、私が石川《いしかわ》からこの場所のことを聞いているところに居合わせていた。そして、私と湊のバカンスを盗み見するべく、興味津々でわざわざここを目的地にしたに決まっている。

血は繋がっていないが、父の幼なじみの彼らは、親戚以上に面倒でうるさい連中だ。

父のセルジオは、花嫁である湊に心底惚れ込んでメロメロに可愛がっている。幼なじみであるこの三人には、私たちの関係をとっくの昔にカミング・アウトし、湊を自慢しまくっている。

この三人は、私と湊の新婚生活がうまくいっているかどうかが心配と言いながら……本音は野次馬根性だろうと思うのだが……、ことあるごとに『プリンセス・オブ・ヴェネツィアⅡ』に乗り込んでは湊にちょっかいを出している。

「小さな頃のエンツォはすごい美少年だったから、笑えばさぞかし可愛かっただろうになぁ」

「そうだったんですか？」

「そうそう。だがいつでもむっつりと眉をしかめて、難しいことばかり言って……ああ、そのあたりは今でも変わっていないなぁ」

……しかも、必要以上に湊にベタベタ触りまくっているし。

三人は、親切にガイドをする湊の髪を撫で、肩を抱き、そして思わずムッとしてしまう私の顔を窺っては面白がっている様子。

……まったく、父の幼なじみだけあって、本当に性格の悪い人々だ！

……悪気がない分だけ、手に負えない！

「……ミナト、そろそろ約束の時間だ。駐車場に向かわなくては」

私が、もう限界だ、と思いながら言うと、湊は私を怒ったように睨み上げてくる。

「わかったよ！　オレも自分のお土産買うから！　ちょっと待ってて！」

私の様子を、デートの邪魔をされて拗ねたのだと思っているのだろう。湊は彼らには微笑みを浮かべてみせながらも、実はずっと機嫌をそこねている。

……まあ、デートの邪魔をされたことにはがっかりしたが。

……それ以上に、なんというか……複雑な気分だ。

ため息をついた私のところに、土産物の袋を持った湊が戻ってくる。

「それじゃあ、オレたち、待ち合わせがあるので、失礼しますね」

湊が、私に向けるのとは別人のような礼儀正しい笑顔で、彼らに挨拶をする。

「ああ、君とエンツォのおかげで、とても楽しませてもらったよ！」

饅頭の包みを抱えたソプラーニ氏が、可笑しそうに言う。

羊羹《ようかん》の入った袋をさげたジャコモ氏が、意地の悪い声で言う。

「エンツォとも久しぶりに楽しく話せたし？」

……これは、私がムッとしてほとんど口をきかなかったことへの皮肉だな？

「ミナトくんとエンツォが仲良くしているのを見て、安心したよ！　なにせ、エンツォはセルジオの大切なご子息だからねぇ」

金箔入りカステラと書かれた箱を抱えたヴェルディ氏が、湊の肩を抱きしめながら言う。

「エンツォの友人なら、私たちにとっても親類も同然だ！　叔父さんたちにお別れのキスをさせてくれないか？」

ヴェルディ氏の申し出に、私は硬直する。湊は恥ずかしそうにうなずき、三人は私に見せつけるように湊を抱きしめて、彼の頰にキスをした。

土産物屋から出て、まだ拳を震わせている私を睨み上げ、湊が怒った声で言う。

「彼らの日本の印象が悪くなったらどうするんだよ？　拗ねたりしてまったく子供みたい！」

……ああ、君は、彼らがどんなに憎らしい人々かを、知らないんだよ。

*

「うわあ！　すごく素敵なところだね、室岡！」

雪緒くんが、宿の門を入ったところで嬉しそうな声を上げる。

「気に入っていただけてよかったです」

礼儀正しい口調で室岡は答えるが、その視線は蕩けそうに甘い。

私たちがあの三人に振り回されている間に、こちらのカップルはどこかで愛を囁き合っていたようだ。二人はすっかり甘いムードになっていた。

しかし、湊はムッとしたままあれから私と目を合わせることすらしてくれず……私たちはずっとぎくしゃくしたままだった。

宿に着き、リムジンを降りた私たちを迎えてくれたのは、まだ若い宿の主人だった。

夕暮れの中に建つのは、土の壁と瓦屋根を持つとても美しい日本風の建物。

白い小砂利が敷かれた前庭には、石の灯籠《とうろう》がいくつもしつらえられていて、その一つ一つの中に小さな鑞燭《ろうそく》が灯っている。

ひんやりと静謐《せいひつ》な山の空気と相まって、とても幽玄な雰囲気だ。

山の下には川が流れているらしく、どこかからせせらぎの音が聞こえてくる。

さすが情報通の室岡が選んだだけあって、とても期待のできそうな宿だった。

主人は、提灯《ちょうちん》の灯《あか》りで私たちの足下を照らしながら、先に立って歩く。

チェックインは部屋でするシステムなのか、私たちはロビーを通らずに、打ち水のされた石の通路を抜けて歩く。

両側には葉を揺らす美しい竹林。その上の空に昇り始めた細い三日月。

はしゃいでいた雪緒くんはすでに言葉を忘れ、機嫌の悪かったはずの湊までが、うっとりとあたりを見回している。

客室はすべて独立した建物になっているらしく、竹林の向こうに、いくつかの建物が見え隠れしている。

「こちらが、室岡様のお部屋。そしてこの小道を進んだところにあるのが、バルジーニ様のお部屋になります」

主人は、ひときわ大きな建物の前で立ち止まって言う。

彼が入り口の引き戸を開くと、中は、とても天井の高い畳敷きの部屋になっていた。

「中、見せて！」

私はできればすぐにでも湊と二人になり、きちんと話がしたかったのだが……湊は逃げるようにして、雪緒くんの腕を摑んで部屋の中に入っていってしまう。

私と湊がぎくしゃくしているのに気づいていたらしい室岡は、微かに眉を上げ、どうぞ、という仕草で私を中に先に入れてくれる。

畳敷きの居間は、高価そうな木の柱と、立派な床の間のある美しい部屋だった。

だが、圧巻だったのは、大きく開かれた窓から見える景色だった。

「すっごい！」

窓の向こうは竹が張られたテラスになっていて、そこには専用の露天風呂があった。

竹の手すりの向こうは崖になっていて、向こう側の山の景色と、眼下に流れる川のせせらぎを見下ろすことができた。

「綺麗だね！」

「露天風呂は、お部屋専用のもののほかに、本館にある檜《ひのき》風呂、崖を降りたところ、川の畔《ほとり》にある川風呂。そして山の斜面に作られた洞窟《どうくつ》風呂の三つがあります。フロントに言っていただければ貸し切りにもできますので」

「洞窟風呂？」

聞いたことのない単語に、私が思わず呟くと、主人は微笑《ほほえ》んで言う。

「天然の洞窟の中に、温泉が湧いているのです。外国の方には珍しいかもしれません」

「たしかに楽しそうだ」

言いながらチラリと見ると、湊はツン、と顔を逸らしてしまう。

……ああ、このままでは、せっかくのバカンスが台無しになってしまう。

その部屋でチェックインの手続きを済ませた私は、私から目を逸らした湊に、

「向こうの部屋に移動して、それから温泉にでもいかないか？　話があるんだが……」

言うと、彼はなぜかいきなり頬をカアッと染める。

「オレは話なんかないっ！　それにあなたと二人で温泉なんか入ったら、きっとエッチなことでごまかされる！　雪緒、温泉行こうぜっ！　どの風呂がいい？」

「えええ～？　じゃあ、川風呂に行きたいかな～」

戸惑う雪緒くんをせかし、着替えと浴衣《ゆかた》を摑んだ湊は、そのまま部屋を出て行ってしまう。

「なんてことだ」

泰臣と二人きりにされてしまった私は、思わずため息をつく。泰臣は、

「何かあったようですね」

「ああ。会いたくない連中に会ってしまった。そのせいで時間をとられ、しかも私がムッとしていたことでミナトは腹を立てたようだ」

「会いたくない連中？」

「別に本気で会いたくないわけではないが……父の幼なじみで、私にとってはうるさい親戚のような人々なんだ。私が休暇中に『日光大江戸ワンダー村』に行くことを脇で聞いていた。あの様子では偶然ではなく、わざわざ後を追ってきたに違いない」

「わざわざ追ってきた？　あなたと湊さんの仲に反対しているのですか？」

「いや。ミナトをとても気に入っている、単なる野次馬だ。ミナトにベタベタ触るわ、私の子供時代のことを暴露するわ、最後にはミナトの頰にキスまでするわ……」

私が言うと、泰臣はおかしそうにクスリと笑う。

「あなたは本気で怒ったというよりは、くすぐったかったわけですね。そして照れていた」

彼の言葉に私は少し考え……それからうなずく。

「そうかもしれない」

「それなら行きますか」

室岡が立ち上がり、いきなり上着を脱ぐ。不思議に思って見上げると、

「逃げた姫君たちをさらいに、温泉へ、です」

私は彼の言葉に思わず笑ってしまう。

「そうだな。こんなことをしていたら、せっかくのバカンスが終わってしまう」

私たちは浴衣と下駄という格好に着替え、『川風呂』という表示に従って崖下に向かった。

美しいせせらぎの畔には竹で作られた囲いがあり、その中から湯気が上がっている。

「湊、こんなところまで来て喧嘩なんかしちゃダメじゃない！」

「それは……オレだってわかってるんだけど……」

囲いの向こうから雪緒くんと湊の声が聞こえ、私たちは思わず立ち止まる。

「それなら逃げてないで、ちゃんと二人で話しなよ。早く仲直りしなきゃ！」

「オレだって仲直りしたいよ。だけど、きっかけが摑めなかったっていうか……オレがあんまり意地を張るから、エンツォ、もう本気で怒っちゃったかもしれないし……」

「湊ったら。普段は強いくせに、エンツォさんのことになると急に気弱になるんだから……」

泰臣が私に向かって小声で言う。

「……ほら、彼も仲直りがしたいようですよ」

私はホっとしながらうなずき、生意気にも出してある『貸し切り』の札を無視してドアを開ける。下駄を脱いで板張りの脱衣場を横切り、露天風呂への引き戸をガラリと開く。

川を見渡せる場所に、天然の岩でできた大きな円形の温泉があった。

豊かな乳白色の湯がたたえられ、ふわりと湯気が上がっている。

肩まで湯に浸かっていた二人が、驚いたようにこちらを振り向く。

そして、浴衣姿で立ちはだかる私と泰臣を呆然と見上げる。

雪緒くんが、室岡を見ながらふわりと頬を染めて言う。

「室岡、浴衣に着替えたんだね。格好いい……」

私を見つめて頬を染めていた湊が、雪緒くんの声にハッとしたように、

「こら、見とれてる場合じゃないだろ、雪緒！」

言って、雪緒くんを背中にかばうようにする。

「なっ、なんだよ、二人ともっ！　貸し切りって札が出してあっただろっ！」

「さあ。そうだったでしょうか？」

室岡がクールな声でとぼけ、それから雪緒くんに手をさしのべる。

「雪緒坊ちゃま。こちらへ」

「えっ？」

「恋人を置いて先に温泉に入ったお仕置きです。部屋の専用露天風呂に移動ですよ」

「……あ……」

さらに頬を染める雪緒くんに、室岡は手に持っていたバスタオルを広げてみせる。

「どうぞ」

「う、うん」

雪緒くんが恥ずかしそうに頬を染めてチラリと私を見たのに気づき、私はそちらに背を向けてやる。

彼が湯から上がったらしい水音に続いて、泰臣が彼をタオルでくるんでやった気配。

「行きましょう、坊ちゃま。ミスター・バルジーニ、もうこちらを向いて大丈夫ですよ」

私が振り返ると、雪緒くんはタオルにくるまれ、さらに泰臣の腕に抱きしめられていた。

「雪緒！　オレを置いてくのかよ？」

困ったような声で叫ぶ湊に、雪緒くんは言う。

「ちゃんと話し合わなきゃダメだよ、湊。バカンスが終わっちゃうよ？」

彼の声がなんだか不思議と大人びて聞こえて、私は少し驚く。

室岡と雪緒くんが去った後。温泉は気まずい静けさに包まれた。

「……入れば？　身体が冷えちゃうよ」

しばらくの沈黙の後、湊がボソリと言う。

「それなら、遠慮なく入らせてもらう」

私が浴衣を脱ごうとすると、湊は驚いたように頬を染める。

「浴衣は脱衣所で脱ぐんだってば！　あと、湯船に入る前に、そこにある木桶で身体にお湯をかけるのがルールだからな！」

「わかった。君の言うとおりにしよう」

脱衣所に戻って浴衣を脱いだ私の耳に、湊が叫んでいるのが聞こえる。

「そこに、薄いタオルがたくさん置いてあるだろ？　それを腰に巻いて出て来るんだぞ！　素っ裸で来たら怒るからな！」

私は彼の言うとおりにしながら、小さく笑ってしまう。

……怒っているといいながら、やはり面倒見はいいんだな。

私が腰に薄いタオルを巻いた姿で脱衣所から出ると、湊は驚いたように私を見つめ、それから照れたように頬を染めて目をそらす。

私は湊の言ったとおりに木桶に湯をくんで身体にかけ、それから足裏に気持ちのいい滑らかな石の床を踏んで湯船に向かう。

湊が頬を染め、緊張したように身体を固くしているのを見て、私はわざと彼から離れた場所を選び、ゆっくりと湯に入る。

湯温は低めで、乳白色の湯にはどこかトロリとしたような心地いい質感がある。

水面を渡ってきた風と、そして川のせせらぎ。

見上げると、紺色の空を横切るミルキーウェイ。

そして精巧な金細工のような美しい三日月が、中空に輝いている。

「……とても気持ちがいいね」

私は背中を石の湯船に預け、空を見上げて呟く。

「……来てよかった」

湊は小さく息をのみ、それから勢いを削《そ》がれたような声で、

「……貸し切りにしてたのに、無理やり入ってきたりして。いつも強引なんだから……」

「君と、きちんと話がしたかったんだ」

視線を移すと、彼は緊張したように顔をこわばらせる。

「私に言いたいことがあるんだね？　言ってごらん」

言うと、彼はまだ反抗的に顔を逸らして、

「別に言いたいことなんかないってば」

「このバカンスが終わったら、私たちはまた離れ離れになる」

私が言うと、彼は目を逸らしたままでヒクリと身を震わせる。

「心まで遠いまま、君と離れているのはとてもつらい」

湊はハッと息をのんで私に視線を戻す。

「話してごらん」

言うと、彼は少しためらい、それからやっと小さな声で話しだす。

「オレ、あなたみたいなすごい人と恋人になれたこと、なんだかまだ信じられないんだ」

彼の澄んだ声が、せせらぎの音の中に静かに響く。

「しかもあなたとのこと、自分の家族だけじゃなくて、あなたのお父さんのセルジオさんからも祝福されてる。なんだか、今でも夢みたいで……」

湊は、そこでふいにとてもつらそうな顔になる。

「本当なら、あなたが女性と結婚した方がセルジオさんは安心に決まってるんだ。男のオレが相手じゃ、世間からの風当たりも強いに決まってる」

「……ミナト？」

「なのに、セルジオさんはオレたちの交際に賛成してくれてる。きっと本当は、無理やり自分を納得させているに決まってるんだ」

私は、湊の言葉に驚いてしまう。

……彼は、そんなことを思っていたのか。

「だから、私の父親の知り合いに嫌われたら大変だと思ってガイドを引き受けたのか？」

私の言葉に、湊はうなずく。

「日本語が話せないあの人たちを放り出しておくなんてできなかったっていうのもあるけど……そう思ったことも本当だよ。だって」

彼は、真っ直ぐに私を見つめる。澄み切った黒い瞳が潤んで、月明かりに美しく煌《きら》めく。

「オレ、あなたを愛してる。何かの間違いがあって二人の交際を誰かに反対されたりしたら、そしてそれがきっかけであなたと会えなくなったりしたら……オレ……」

湊の声が、ふいに泣いてしまいそうにかすれた。

「……オレ、生きていけないよ」

「……ミナト……」

彼の真摯《しんし》な言葉が、私の胸を燃え上がりそうなほどに熱くする。

……まったく、なんて可愛いことを言ってくれるんだろうな、君は。

「そっちへ行ってもいい？」

私が言うと、湊は照れたように少しとまどい、それから微かにうなずいてくれる。

私は湯の中を移動し、湊との距離を縮める。

「愛しているよ、ミナト」

私は囁いて、愛しい彼の、美しい顔を見つめる。

「君と会えなくなったりしたら、私も生きていけない」

湊はふわりと頬を染め、それから少し拗ねたような顔になる。

「あなたと二人きりの時間が少なくなったのはオレも本当は寂しかった。でもオレの気持ちもわかってほしかったのに……あなたってば……」

私は手を伸ばし、また怒り出しそうになった湊の唇にそっと指を当てる。

「君との時間が少なくなったことが残念だったのはたしかだ。しかし私が愛想がなかったのはそのせいばかりではないんだ」

「ん？」

「彼らは父親の昔なじみであるだけではなく、私の幼いころのことまですべて知っている……いわば、うるさ方の親戚のようなものなんだ。もちろん私は彼らがとても好きだが、彼らがミーハーで、さらにおしゃべりであることもよく知っている」

湊は私の指で言葉を封じられたまま、驚いたように目を丸くする。

「彼らは、私があのアミューズメントパークに来る予定であることを知っていた。彼らがあそこにいたのは単なる偶然ではない。野次馬根性を出してわざわざ見に来たに決まっている」

「んんっ？」

「さらに。日本語ができないことは本当だが、彼らは世界を股にかけるビジネスマンだ。君は彼らの帰りの足を心配していたが、駐車場に見覚えのあるリムジンが停まっていたのが見えたし、さらに何カ国語も堪能な秘書がその中で待機していた」

「んんんーっ？」

「君にガイドをしてもらおうという魂胆で、彼らは秘書をリムジンに置いてきたんだよ」

言って指を外してやると、湊は身を乗り出して、

「なんだそれっ？　じゃあ、オレって……まんまと引っかかった、とか？」

「そうだな。ちなみに、彼らは私と君の関係を、ずっと前から知っている」

「ええ〰〰っ！」

「だから、彼らはイタリアにもどったとたん、私と君のデートの様子を私の父に報告するだろう。君との交際に後ろめたいことなど何もないが……イタリアにいる間中、ずっと父や彼らから冷やかされ続けるのが、照れくさいことは事実だ」

湊はそこで驚いたように私の顔を覗き込み、それから唖然《あぜん》とした声で言う。

「あのさ……もしかして、ムッとしていたんじゃなくて……照れてた、とか？」

彼の言葉に私は少し迷い、それから正直に白状する。

「そうとも言う。君だって、デートの現場を親戚に逐一見られていたら照れるだろう？」

「クールな顔で黙りこくってたから、わからなかったんだけど……て、照れてたんだ？」

湊は目を丸くしたままで私を見つめ、それから少し後ろめたそうな顔になる。

「オレ、あなたが、オレとのエッチに持ち込むことばっかり考えて、だから不機嫌なのかと誤解しちゃったんだ。……ごめん」

「謝ることはない」

私は言い、湊の顎をそっと指先で持ち上げる。

「一刻も早く君と二人きりになり、愛を確かめ合いたかったのはまごうことなき事実だしね」

「……エンツォったら」

湊がフワリと頬を染め、それから目を潤ませて、

「……オレも……同じではあったんだけど……」

「……ミナト……」

彼が、誘うようにそっと長い睫毛《まつげ》を閉じる。

滑らかな肌がお湯に濡れ、宝石を散らしたかのように煌めいている。

小さな顔、すんなりとした首筋、美しい肩のライン、そして平らな胸。

上気してチェリー色になった乳首が乳白色のお湯に透けて……とてつもなく色っぽい。

私は月明かりの下の彼の美しい姿に見とれ……それから彼の唇にそっと唇を重ねる。

「……ん…………」

深いキスをしてから、名残惜しい気持ちで唇を離す。

そして、私は彼の顔を真っ直ぐに見つめる。

「君が、私との関係を大切にしてくれていることが、信じられないほど嬉しい。私にとっても、君はかけがえのない大切な人だから」

「……エンツォ……」

「ずっと一緒にいよう。不安になることなどないんだよ。たとえ誰がなんと言おうと、私のすべては永遠に君だけのものだ」

彼は私を見上げ、その美しい唇をそっと動かして、甘くかすれた声を漏らす。

「……オレ、今日のこと、二度と忘れられなくなりそうだ……」

彼の瞳が潤み、月明かりにキラキラと光る。

私はたまらなくなり、頬を染める湊を、お湯の中で抱きしめる。

「心だけでなく、その身体にも、今夜のことを刻み付けてあげるよ」

手のひらで彼の背中を撫で上げると、湊はひくりと身体を震わせる。

「……んっ」

甘い声を漏らしてしまってから、カッと赤くなって私の腕から擦り抜ける。

「え、ええと……っ！　そういえば、ほかの露天風呂もあるんだよね！　せっかくだからそこに行ってみない？　ほら、あそこだし！」

湊は真っ赤になりながら、少し離れた場所にある『洞窟風呂』という看板を指さす。

「わかったよ、移動しようか」

私は苦笑しながら渋々承諾してやる。

……ただ、そんなことでは逃げられないよ、ミナト。

倉原湊

「……あ、ダメ、エンツォ……！」

こらえきれないオレの声が、洞窟の壁に響く。

声が予想以上に大きく反響したことに驚いて、オレは思わず唇を噛む。

オレたちは、旅館の名物である洞窟風呂にいた。

入り口に小さな脱衣所、そこから短い階段を下りたところが洞窟になっていた。

天然の岩壁を持つ洞窟の中、腿のあたりの深さまで、乳白色のお湯が溜まっている。

洞窟の中には、ところどころ小さな灯りが灯っているだけで、ほぼ真っ暗。

乳白色のお湯がほんのりと発光しているように見えて、なんだかとても不思議な光景だった。

腿あたりまでお湯に浸かり、手探りするように洞窟の奥まで進んでいくと、一番先には少しだけ広い円形の部屋があった。

天井がドーム状になっていて、どこかに空気穴があるのか、思ったほど暑くも息苦しくもなかった。

だけど、ほとんど真っ暗な中、密閉された空間に、裸のままの二人がいる。

それはなんだか、不思議に淫《みだ》らな感じで……。

オレの鼓動の速さを読んだかのように、エンツォはオレを引き寄せ、立ったままで抱きしめてきた。

背中を撫でられただけで、オレの唇から甘い声が漏れてしまったんだ。

「……ダメ。脱衣所に誰か来たら、声を全部聞かれちゃうよ」

オレは声をひそめて言い、抱きしめてくる彼の胸を押しのけようと、必死で暴れる。

「それならますます好都合だ」

彼は言って、オレをますますしっかりと抱きしめる。

「愛の行為の最中とわかれば、誰も入ってこないだろう」

「……そんなっ、間違えて誰かが入ってきちゃったり、じゃなかったら興味本位で覗かれたりしたらどうするんだよっ？」

オレは暴れるけど、お湯に濡れて滑る肌の感触に、思わず赤くなって硬直する。

温泉成分のせいで白濁した、少しだけぬめりがあるように感じられるお湯。

ぴったりと触れ合ったエンツォの肌が、いつにも増して滑らかで、そして不思議と淫らな肌触りになっていた。

「……くっ」

触れ合う胸と胸、いつのまにか尖ってしまっていたオレの乳首が、彼の肌にヌルリと押しつけられている。

「……んん……っ」

呼吸をするだけでそれが微かに擦《こす》れて……鼓動がどんどん速くなってくる。

……ああ、どうしよう……。

オレは、思わず身体を甘く震わせてしまいながら思う。

……このままじゃ、オレ……。

「おとなしくなったね。感じてしまった？」

囁いてくる彼の声が、湯気のこもった洞窟の壁に響いて……いつにも増してセクシーに聞こえてしまう。

「……ちが……あぁ……っ」

抵抗しようとするけど、その拍子に乳首と肌が擦れ合って……思わず声を上げてしまう。

「声が甘いよ。それに……」

彼の手が、二人の身体の間に滑り込む。

「……こんなところが、もう尖っているようだ」

お湯に濡れた彼の指先が、オレの乳首をそっと摘《つま》み上げた。

「……ああ、んっ！」

身体に、怖いほど激しい快感が走る。

「……ダメ……んん……っ！」

キュッと揉《も》み込まれるようにされて、ヒクリと腰が動いてしまう。

「……は、ああっ……！」

確かめるように腰を引き寄せられて、逞しいエンツォの身体に強く肌が密着する。こらえきれなかった甘い喘《あえ》ぎが、洞窟中に大きく響いてしまう。

「ダメ、と言いながら、感じて、腰まで揺らしてしまっているね」

彼が身を屈め、オレの耳たぶに囁きを吹き込む。

「……んん……っ」

そのセクシーな囁きの中に彼の欲望を感じて、心までが熱くなる。

「抱くたびに、前よりも、もっと感じやすくなっている。君は私の腕の中で、少しずつ大人になっていくようだ」

彼の両方の手が、お湯に濡れたオレの乳首を摘み上げ、責めるように揉み込んでくる。

「……は……ああ……んっ」

オレの屹立《きつりつ》が、お湯の下でヒクリと熱を持つ。

「とても素敵だよ、ミナト」

彼はオレを抱きしめたまま、ゆっくりとお湯の中に沈みこむ。

「……えっ？　ああ……っ」

彼の膝の上、向かい合うようにして座らされて、オレは真っ赤になる。

「……まって、こんな……っ」

脚は大きく広げられ、彼の身体を挟んでいる。

お尻に当たるのは、彼の引き締まった腿の感触。

「……やっ、下ろせよ……っ」

オレの抵抗を封じ込めるように、彼の手が、オレの後頭部に回る。

そっと、だけどきっぱりとした動きで引き寄せられて、二人の唇が触れ合った。

「……ん……っ」

濡れた唇がオレの唇を甘嚙みし、そして熱い舌がオレの口腔《こうこう》に滑り込んでくる。

「……あ、ん……っ」

上顎を愛撫し、歯列を辿り、そしてゆっくりと舌をからめ取られる。

「……んんん……っ」

淫らな動きで舌を愛撫され、吸い上げられて、オレの脚の間に、熱が凝縮する。

「……んん……っ」

……ああ、エンツォのキスだ……。

彼のキスは、いつでも、甘くて、深くて、とても巧みで。

……ああ、なんだか、もう……。

濡れた肌を触れ合わせ、湯気の中で交わすキスは、いつにも増してセクシーで、なんだか頭が朦朧《もうろう》としてくる。

キスをしながら、彼の手が、愛おしげにオレの背中のラインを滑る。

オレはキスを受けながら、彼の身体に手を回し、そのしなやかで逞しい背中の筋肉の感触を指先で確かめる。

「……ああ……っ」

やっとキスから解放された時には、オレの身体はもうトロトロに蕩けそうになっていた。

乳首は尖り、屹立は硬く上を向き、そして彼の腿に当たっている蕾《つぼみ》までが……。

「……ん……っ」

彼の唇が、オレの濡れた首筋にキスをする。

チュッと吸われ、キスマークを刻まれる感触に、オレの蕾がヒク、と震えてしまう。

彼は紳士的で、屹立を押しつけてきたりはしなかったけれど、お湯の中、きっと……。

……オレの屹立のすぐそばには、きっと熱くなった逞しい彼の欲望があるはずで……。

彼の唇が滑り、オレの乳首をそっと含んだ。

「……う、ああ……っ」

そこから走った甘い電流に、オレは思わず身体を仰け反らせてしまう。

彼はその大きな両手でオレの腰を支える。

そして、オレの乳首を舌先で舐め上げ、唇に含んで甘く吸い上げた。

「……やっ、ああ、くう……っ」

足先から甘い快感が走り、全身を痺《しび》れさせる。

「……ダメ……ダメだよ、もう……あっ」

オレの屹立が、ヒク、と震えて先走りの蜜をトクンと吐き出してしまう。

「……お湯が、汚れちゃう……からっ」

「お湯が？　ということは……」

彼の手がお湯の中に滑り、オレの脚の間に下りてくる。

「……もう、蜜を漏らしてしまった？」

反り返った屹立が、そっと手の中に握り込まれる。

「あ、うっ！」

いつも手袋に包まれている、彫刻のように美しい、彼の手。

その手が今、直に屹立に触れているところが脳裏をよぎり……それだけで蜜が溢れた。

「……あああ……ダメ……っ」

「主人が、温泉の湯は常に入れ替わっていると言っていた。汚れてもすぐに綺麗になるよ」

彼は言いながら、指先でヌルリとオレの屹立の先端を撫で上げた。

「……ああ……っ」

「だから、うんと漏らしてしまっても大丈夫だ」

囁いて、彼の舌がオレの乳首を滑らかに舐める。

「……そんな……ああ、くうっ……」

片手でオレの腰をしっかりと支え、そしてもう片方の手で、オレの屹立をゆっくりと愛撫し始める。

「やだっ、エンツォ……あぁっ」

唇が乳首を甘噛みし、ヌルヌルになった屹立が容赦なく擦り上げられる。

「ダメ、もうやめ、ああ……っ！」

彼がくれる巧みな愛撫に、オレの全身が、トロトロと蕩けてしまいそうだ。

「やめる？　こんなに、感じているのに？」

唇を乳首に触れさせたまま、彼がセクシーに囁いてくる。

「……ああ……っ」

「ヌルヌルに濡れて、今にも放ちそうなほど、反り返っているよ？」

「ダメだ、そんなことしたら……あぁっ」

チュッと乳首を吸い上げられて、オレの身体を甘い電流が貫いた。

「我慢しないでイッてごらん。もう限界じゃないか？」

囁かれ、ひときわ強く擦り上げられて、激しい快感に、オレの目の前が真っ白になった。

「やっ、エンツォ……ん、くう、んっ！」

オレのこらえ性のない屹立が、彼の手の中に、ドクン、と欲望の蜜を放ってしまう。

「……あっ、あっ、ああ……っ」

思い切り放つあまりの快感に、オレの腰がヒクヒクと揺れる。

「……くう、ああ……っ」

彼の腿に押し当てられた蕾が、まるで誘うように、キュッと反応し……オレはそこから走った快感に声もなく身体を震わせてしまう。

「……蕾が反応して、誘うように震えている」

エンツォがなんだか感動したような声で言う。

「バカっ！　そんなこと言うなっ！」

気づかれたのが恥ずかしくて、オレは彼の身体を押しのけて彼から離れる。

「オレ、もう出るからっ！」

お湯の中を歩きだそうとしたオレの腰が、後ろから強い力で摑まえられる。

「こんな状態のままで出る？　そんなことはもちろん許さないよ」

囁かれ、強引に腰を引き寄せられる。まだ熱が残っていることを確かめるように屹立をキュッと握り込まれて、また痺れるような快感が湧き上がってくる。

……ああ、今すぐにでも、誰かが来ちゃうかもしれない……！

……だから、こんなことをしちゃ、ダメなのに……！

「そこに手をついて」

低い声で囁かれ、屹立をそっと愛撫されたら、オレはもう抵抗できない。

オレは何も考えられなくなりながら、滑らかな岩に両手をつく。

「いい子だ。もっと脚を広げて」

膝の間に、グイッと彼の膝が割り込んできて、脚をさらに広げさせられる。

「……えっ……？」

オレは彼に向かってお尻を突き出すような、とても淫らな格好をしていた。

「待って！　こんな格好、オレ、恥ずかしいから……っ！」

思わず逃げようとするオレの腰を、彼の手がきっぱりと抱き留める。

「許さないと言っただろう？　君はこのバカンス中に、秘密でアルバイトをして私を青ざめさせたり、怒って私を苦しめたり……いろいろなことをしてくれた」

エンツォの唇が、オレの背中に、激しく何度もキスをする。

「これから、たっぷりとお仕置きだ」

彼が囁きながら、ゆっくりとオレの後ろに跪《ひざまず》く。

「……え？　あああっ！」

温泉のお湯と、彼に与えられた快感で解けた蕾に、そっとキスをされる感触。

「ダメだよ、そんなこと……ああっ！」

彼の手がオレの腿を押し広げ、彼の舌が、オレの蕾の入り口の襞を確かめるように辿る。

「ああっ、やだっ……エンツォ……っ！」

舌を差し入れられ、たっぷりと熱い唾液を流し込まれる。

そのぬめりを利用して、彼の美しい指が滑り込んできて……。

「エンツォ、エンツォ……ああっ！」

オレの蕾が、逞しい彼の形と大きさを思い出して切なく震えてしまう。

彼は淫らな指先でオレを喘がせ、容赦なく指を増やして、オレを押し広げ、蕩けさせ……。

「あっ、あっ、オレ、もう……っ」

オレの屹立が弾けそうになり、蕾がトロトロになった頃、彼がゆっくりと立ち上がった。

彼の腕が、オレを後ろから抱きしめる。彼はオレの耳元に口を寄せ、愛おしげな囁きで、

「愛している。君が欲しい」

真摯な求愛に、オレの胸が熔けてしまいそうなほどに熱くなった。

「……オレも愛してる。生涯、あなた以外の人は愛さない」

オレは目を閉じ、心を込めて求愛する。

「……オレの全部をあなたにあげるよ。だから、あなたの愛も……全部、オレに注いで欲しい」

「……ミナト」

彼の声が、なんだか感動したように熱くなる。彼の逞しい屹立が、オレの蕾にギュッと押し当てられる。

「……ああっ」

焼けた鉄の棒のように熱く、そして硬い感触に、オレの心が甘く震えた。

……ああ、エンツォは、こんなにオレを求めてくれている……。

「愛しているよ、ミナト」

彼が愛おしげに囁いて、ググッと強く屹立を押し入れてくる。

不慣れなオレの蕾は少しだけ抵抗するけれど、たっぷりと濡らされ、解されていたせいで、すぐに素直に蕩けて、彼の欲望を飲み込んでいく。

「あぁっ！」

「……あぁぁ……っ！」

ゆっくりと、だけど獰猛《どうもう》にオレを満たしていく、彼の屹立。

完璧な紳士で、ほかの人にはクールで優美な姿しか見せない彼。

……だけど、こんなに熱くて飢えた姿を、オレにだけは見せてくれて……。

そのことが……オレの心を、こんなにも甘く蕩けさせる。

「……ああ、エンツォ……っ」

オレは、目の前の岩にすがるようにして、彼の逞しい欲望をすべて受け入れた。

「……ああ……熱くて、とてもきつい」

エンツォが欲望にかすれた声で囁いてくる。

「……動くよ、ミナト。大丈夫？」

彼の声に滲んだセクシーな響きだけで、オレの身体はヒクリと反応してしまう。

オレが必死でうなずくと、彼の手が、オレの腰をしっかりと支えた。

彼の熱い屹立が、ゆっくりと抽挿《ちゅうそう》を開始する。

「……あっ、あっ、あぁっ……！」

彼の屹立が、内壁を往復する感触。

ある場所を刺激された時、オレの身体がいきなり跳ね上がった。

「……んんーっ！」

オレの蕾が、ヒクリと震えて彼を甘く締め上げる。

「……ああっ！」

反り返った屹立から、ドクリ、と大量の先走りの蜜が零れ、パタパタとお湯の上に散る。

「ああ……ダメ、そこは……っ！」

「……ここ？」

彼が囁いて、オレの感じやすいところを容赦なく責めてくる。

「……ああっ、やだっ、そんなっ！」

膨れ上がる快感に、気が遠くなりそうになる。

濡れた内壁と彼の屹立が擦れ合う、グチュ、グチュ、という淫らな音が、洞窟の壁に響く。

どんどん速くなる二人の呼吸、そして高くなる鼓動。

「ああ、ああ、エンツォ、オレ……っ！」

オレは滑らかな岩にすがりつき、後ろから責めてくる彼の欲望に、気が遠くなりそうなほどに感じ……。

「ああ……エンツォ……エンツォ……っ！」

「愛してるよ、ミナト……感じる……？」

彼がオレを容赦なく奪いながら、かすれた声で囁いてくる。

「うん……いい……いい……っ！」

お湯が立てる水音が、どんどん速くなる。

反り返った屹立が、彼の激しい動きに合わせて揺れ、先走りの蜜をとめどなく振り零す。

……ほかの人が来ちゃうかもしれないのに。こんなことをしちゃ、いけないのに。

……だけど……。

オレは激しく喘ぎながら思う。

……ああ……もう、我慢することなんかできない……！

太古のままに残された洞窟の中、オレたちは二匹の獣になったみたいに、我を忘れた。

「ああ、イッちゃうよ、エンツォ！」

オレが叫ぶと、エンツォはオレの身体をしっかりと抱きしめ、欲望を滲ませた声で言う。

「イッていい。君が色っぽすぎて、私ももう限界だ」

オレを貫く彼の動きがひときわ激しくなり、岩を打つ、波のリズムが速くなって……。

「ああ、愛してる、愛してるよ……っ！」

湯気に曇った視界が、真っ白にスパークした。

「んんっ、くう……エンツォ……っ！」

愛しい人の名を呼びながら、オレは、屹立から、ドクン、と激しく蜜を飛ばした。

ピシャ、と濡れた音を立てて、オレの欲望の蜜が、岩に模様を描く。

「……あ、あああぁ……っ！」

身体を痺れさせる快感に、オレの蕾が淫らに収縮し、彼の逞しい屹立をキュウッと締め上げてしまう。

「……ああ、ミナト……っ」

オレの耳に吹き込まれる、せっぱ詰まった、そしてとてつもなくセクシーな彼のため息。

彼の熱い欲望が、震えているオレの内壁を激しく擦り上げた。

「……ああ、エンツォ、エンツォ……！」

彼がひときわ強くオレを貫き……そして、燃え上がりそうな彼の欲望の蜜が、オレの最奥に、ドクン、ドクン！　と激しく撃ち込まれた。

「……ああ、んく……っ！」

身体の奥で受け止める愛する人の熱さにオレはまた感じ、搾り出すようにして欲望の蜜の残りを吐き出してしまう。

「……エンツォ……愛してる……っ」

震えながら崩れ落ちるオレの身体を、エンツォの逞しい腕が、後ろからしっかりと抱きしめてくれた。

「ああ。私も愛しているよ、ミナト」

オレは、彼の熱い抱擁に身を任せながら、気が遠くなりそうな幸福感に包まれていた。

エンツォ・フランチェスコ・バルジーニ

「悪かったよ、ミナト」

私は、額に濡れタオルを載せ、膝枕で横たわる湊に、団扇《うちわ》で風を送りながら反省する。

「君があまりに色っぽくて、加減してやることができなかったんだ」

湊の可愛らしさと、そして洞窟風呂の不思議と淫らなシチュエーションに我を忘れ……彼をそのまま最後まで奪ってしまった。

湊はいつもよりさらに感じて喘ぎ、激しく欲望を迸らせ……そしてがっくりと力を失った。

私は、ぐったりしてしまった湊を抱いて、慌てて脱衣場に戻った。

急いで彼に浴衣を着せ、自分も浴衣を着て、そして彼を腕に抱いて部屋まで戻ってきた。

「……うう……ん……」

湊は冷やしたタオルをどけ、潤んだ色っぽい目で私を見上げてくる。

「……ゴメン。ちょっとのぼせてクラクラしただけ……」

ため息混じりの甘い声で言い、ゆっくりと起き上がる。

「……もう、大丈夫。それより……」

彼は手を伸ばし、近くに置いてあった土産物屋の袋から、小さなキーホルダーを取り出す。

小さな鈴と、『日光大江戸ワンダー村』と書かれた金色の小判型の飾り。紐の先にはあのネコまげの人形がついている。

私はその憎らしい姿を見て、少しムッとする。

……あの時も熱烈に抱きついていた。そんなにこのネコが好きなのか？

「これ、あなたにあげる」

湊の言葉に、私は少し驚いてしまう。

「君が使うんじゃないのか？　このキャラクターがとても好きなんだろう？」

湊はクスリと笑い、私の手のひらの上にそのキーホルダーをそっと載せる。

「オレがどうしてネコまげに抱きついていたか、教えてあげようか？　今、日本の高校生の間で流行ってる、あるおまじないがあるんだ」

「おまじない？」

湊は私を見上げ、少し恥ずかしそうにうなずく。

「『日光大江戸ワンダー村』で、好きな人の名前を呼びながらネコまげに抱きつくと、ずっとその人と一緒にいられるっていうんだ。オレ、あなたの名前を呼びながら、ネコまげに抱きついたんだよ。だって、ずっとあなたと一緒にいたいから」

恥ずかしそうに言われた湊の言葉が、私の心を不思議なほどに熱くする。

「アルバイトを一日でやめちゃったから、入園料と家族へのおみやげを買ったら、あなたにはこんなものくらいしか買えなかった。でも……」

湊はその美しい黒い瞳で私をうっとりと見上げる。

「オレ、自分で稼いだお金で、あなたに何かプレゼントをしたかったんだ」

「……そのために、アルバイトをしたのか？」

私は少し驚いてしまいながら言う。

「何か、買いたい贅沢品でもあるのかと思った」

「そうじゃない。オレ、いつもあなたの世話になってばっかりだ。だから少しでもあなたの負担を減らしたい……っていうか、自分だって子供じゃないってこと、知って欲しくて」

湊は微笑み、それから少し照れたように笑う。

「あなたはすぐにオレをお姫様扱いするけど……オレ、か弱い女の子じゃなくて、ちゃんと男なんだぜ？」

「……ミナト……」

「オレ、あなたと並んで歩いていきたいって言っただろ？　あなたに比べたら、オレはまだまだ半人前のお子様なんだと思うけど……」

湊はその黒い瞳を、美しく煌めかせる。

「オレ、小さなところからでもいい、一歩一歩、あなたに近づいていきたい。そしてずっとあなたのそばにいたいんだ」

出会った頃から比べると、彼はゆっくりと、しかし確実に大人に近づいている。

会うたびに凛々しさを増し、外見の美しさだけではなく、その内面の煌めきを増していく。

……それが私と共に歩むためだとしたら……。

私は、湧き上がる愛おしさに胸を熱くしながら思う。

……それは、なんと光栄なことだろう。

「どうもありがとう。これを見るたびに、君とのこのバカンスを思い出す」

私はそのキーホルダーをしっかりと握りしめ、ねだるように目を閉じた彼の唇に、そっとキスをした。

「……ん……っ」

「どんなに離れていても、私たちの心は一つだよ」

「……エンツォ……」

湊はゆっくりと目を開き、その唇からかすれた囁きを漏らす。

少し乱れた浴衣の襟元から、桜色に上気した肌が覗いている。

恥ずかしげに染まる頬、まだキスが足りないとでも言うように、微かに開いたままの唇。

……ああ、私の恋人は、なんと美しく、そしてなんと色っぽいのだろう?

「できれば、心だけではなくて、身体もできるだけ一つでいたいけれどね」

片目を閉じながら私が言うと、湊はその滑らかな頬をさらに赤くして、

「な……なんか、あなたが言うと、エッチな意味に聞こえるぞ……」

彼の言葉に、私は思わず笑ってしまう。

「もちろん、そういう意味も含めて、だ」

「はうっ！」

照れて動揺する彼の腕を、そっと摑む。

きゅっと引き寄せると、彼のしなやかな身体がふわりと私の胸に倒れ込んでくる。

「……もう、エンツォったら……」

湊のあきれた声に、甘い響きが混ざっている。

私は、しっかりと彼を胸に抱きしめて、

「……愛しているよ、ミナト。このバカンスのことを、私はずっと忘れない」

「……エンツォ……」

彼は言い、その頰を私の胸にそっと埋める。

「愛してる、エンツォ。このバカンスのこと、オレもずっと忘れない」

私は目が眩みそうな幸福感に包まれながら、愛する人と、深い深いキスを交わした。

……ああ、こんなに幸せで、そしてこんなに甘い夜を、忘れられるわけなどない……。

＊

ネコまげのキーホルダーは、その後、『プリンセス・オブ・ヴェネツィアⅡ』のブリッジの鍵につけられることになる。

石川には『船長にそんな可愛い趣味があったなんて』と驚かれ、あの三人には『恋人からのプレゼントか？』とさんざん冷やかされたが……私は気にしなかった。

私は、キーホルダーを見るたびに、湊との甘いバカンスを思い出す。
そして、愛する彼と、いつでも心が一つであることを……幸福な気持ちで確かめるのだ。

Ｆｉｎｅ♡

あとがき

こんにちは、水上ルイです！　初めての方に初めまして！　水上の別のお話を読んでくださった方にいつもありがとうございます！
今回の『恋人たちの休日は始まる〜豪華客船ＥＸ』は、ビブロスさんから出していただいている豪華客船シリーズ初の番外編です。豪華客船シリーズのエンツォ×湊と、二人の友人の室岡×雪緒の二カップルが登場します！（室岡×雪緒のなれそめ編『リムジン・シートでもう一度♡』も同時収録です！）読み切り&書き下ろしもいっぱい入ってますので「豪華客船シリーズまだ読んでない！」とか「『リムジン・シート〜』は雑誌で読んだ！」というあなたも大丈夫！　安心してお買い求めくださいっ！（笑）
エンツォ×湊と、室岡×雪緒のカップルは、四人でいるところをもっと書いてみたくてですね……今回、念願かなって書くことができました！　豪華客船の本編では事件がいろいろ起きるので、あまりお遊びシーンというのは書けなくて（笑）。今回の番外編では、書きたかったシーンをいろいろ書かせていただきましたよ！　浴衣とか洞窟とか……あわあわ（笑）。舞台になったあの場所は、担当の安井さんとの電話で冗談で言っていただけだったのですが……本当に書いてよかったのでしょうか〜？　イメージ壊れてないとよいのですが〜（泣笑）。ご感想、「次の番外編があったらコレ書いて〜」というリクエストなどなど（笑）、お待ちしております！
楽しく書かせていただいたお話です。あなたにもお楽しみいただけていれば嬉しいです！

それではここで、各種お知らせコーナー！
★個人同人誌サークル『水上ルイ企画室』やってます。
東京での夏・冬コミ・五月ＳＣＣに参加予定。夏・冬は新刊同人誌出したいです。二〇〇四年の東京夏コミにも参加決定。八月十五日（夏コミ最終日）西一ホール『れ』25ｂです！　ＪＤか豪華客船の新刊出せてるといいな！（希望・涙）。水上も直参しているかと思いますのでお気軽に遊びに来てくださいませ！（これを古本屋さんで見つけたみなさんゴメンナサイ・泣笑）
★最新情報をゲットしたい方は、ＰＣか携帯でアクセス！
ＷＥＢ環境にある方は、『水上通信デジタル版』http://www1.odn.ne.jp/ruinetへＰＣでどうぞ。e-mailでメルマガ配信もやってます。さらに携帯用メルマガも始めてみました（携帯からhttp://www.mcomix.net/へ）登録名は水上ルイ企画室ですので、検索して見つけてね！
★アナログ版ペーパー（郵送する印刷したペーパーのことです）会員様募集終了のお知らせ。
会員希望の方が増えすぎて（ありがとうございます・涙）紙に印刷して郵便で発送する……という事務処理がたいへん困難になりました（大汗）。なので、アナログ版の会員様募集は二〇〇三年度で終了させていただきました（二〇〇三年度会員様、発送が遅れに遅れてスミマセン！涙）二〇〇四年度は会員様の募集はありません。お手紙にペーパー会員様申し込みグッズは同封なさらないようにお願いいたします。最新情報はノベルズのあとがき、公式ＨＰ、ＰＣメルマガ、携帯メルマガにて、チェックをお願いいたします！

それではこのへんで、お世話になった方々に感謝の言葉を。

蓮川愛先生。大変お忙しい中、とても素敵なイラストを本当にありがとうございました！　いつもながらセクシーなエンツォ、ハンサムな室岡、可愛い雪緒、そして回を追うごとに凛々しさを増していく湊にうっとりしました！（そして今回のヒットはやはりミルキーウェイを背負ったエンツォ……）これからも、よろしくお願いできれば幸いです！

TARO。草が～庭の草が～また巨大化～！　わ～！

編集担当安井さん、ノベルズ担当二本木さん、編集部のみなさま。今回もお世話になりました！（汗）どうもありがとうございました！　これからもよろしくお願いできれば幸いです！

今年の夏は、ビブロスさんからたくさんのものが発売になっております！『豪華客船で恋は始まる2』のドラマCD、そして小説b-Boyとマガジンビーボーイで『皇帝《ツァーリ》と呼ばれた男』（小説・原作＝水上ルイ、マンガ・イラスト＝東野裕先生）が連載になっています！　小b七月号が水上ルイの小説、マガビー八月号、九月号、十月号が東野裕先生のマンガ、小b十一月号が水上ルイの小説です！　見逃さずにヨロシクー！　そしてこの『恋人たちの休日は始まる～』と同じ日に『皇帝《ツァーリ》と呼ばれた男』１ｓｔクールの単行本（マンガと小説が同時掲載されてます！書き下ろし＆特集ページもたくさん！）が発売になってます！　Ａ４サイズの本なのでアンソロジーとかの棚に入ってるかも～！　見逃さないで今すぐチェックよろしく～！

そしてこの本を読んでくれたあなたへ。どうもありがとうございました！　これからもがんばりますので応援していただけると嬉しいです！　またお会いできる日を楽しみにしています！

二〇〇四年　七月　　水上ルイ

◆初出一覧◆

プロローグ	／書き下ろし
リムジン・シートでもう一度♡	／小説BEaST '02年Winter号掲載
働く王子様	／書き下ろし
バルジーニ船長の贅沢なバカンス	／書き下ろし

月刊
小説
ビーボーイ
b-Boy
ボーイズラブが100倍楽しいスペシャル企画！
甘くときめくラブを超豪華執筆陣でお届け♥
イラスト★円陣闇丸
ラブがいっぱい!! 読み切り充実マガジン♥
イラスト★蓮川愛
ノベルズなどの最新ニュースもGET♥
毎月14日発売
定価680円（税込）
A5サイズ
BIBLOS
永久保存の美麗ピンナップ&ポストカード!!
イラスト★こうじま奈月

ビーボーイノベルズをお買い上げいただきありがとうございます。この本を読んでのご意見・ご感想をお待ちしております。

〒162-0825 東京都新宿区神楽坂6-46
ローベル神楽坂ビル7階
㈱ビブロス内
BBN編集部

恋人たちの休日は始まる～豪華客船ＥＸ

2004年7月20日 第1版発行

著者――水上ルイ
©RUI MINAKAMI 2004
発行者――牧 歳子
発行所――株式会社 ビブロス
〒162-0825 東京都新宿区神楽坂6-6 7FNビル3F
営業 電話03(3235)0333 FAX03(3235)0510
編集 電話03(3235)7806
振込 00150-0-360377
印刷・製本――株式会社光邦

乱丁・落丁本はおとりかえいたします。
定価はカバーに明記してあります。
この書籍の用紙は全て日本製紙株式会社の製品を使用しております。

Printed in Japan
ISBN 4-8352-1613-X